# CAPITAL ROSE

TOM CONNAN

# CAPITAL ROSE

roman

ALBIN MICHEL

# 1

Paul était un employé modèle. Il travaillait dans un Franprix, et ne s'en plaignait jamais. Il avait grandi à Provins, en Seine-et-Marne, dans une famille de la classe moyenne en continuel déclassement, avec des parents qui gagnaient juste assez pour payer les factures. Mais son père et sa mère s'aimaient, et aucune dispute ne venait perturber le calme de la maisonnée. Ce n'était pas un quotidien détestable, ni d'ailleurs spécialement appréciable, mais la vie qui s'offrait à Paul ne lui semblait pas présenter de défauts particuliers. Il avait toujours aspiré non pas à un destin exceptionnel, mais au contraire à une existence paisible, sans excès. À l'école, déjà, son tempérament taiseux et rangé le distinguait de ses camarades. Il n'avait pas la capacité d'être un bon élève, mais il était suffisamment sage pour fuir les gamins turbulents de sa classe dont il ne supportait guère les cris. Paul préférait rester discret pour ne pas faire de vagues, ni dans un sens ni dans un autre, et, souvent, on le retrouvait assoupi au fond de la salle de cours, près du radiateur. Il aimait rester à l'écart du tumulte. En grandissant, ce trait de caractère ne s'était pas estompé d'un iota : c'était une existence tranquille, au fond, que Paul convoitait. Il avait le goût des choses simples.

Paul faisait partie d'un groupe sociologique bizarre, qu'on surnommait « Z », qui n'avait connu qu'un monde. Celui des crises à répétition, des pandémies, des guerres lointaines et des réseaux sociaux qui avaient lentement imposé une nouvelle norme : celle de la précarité et de l'incertitude globale. Dans pareilles circonstances, le malheur s'était abattu sur bon nombre de cohortes issues de la génération de Paul : difficultés à financer des études puis à décrocher un emploi, difficultés à obtenir et à conserver un toit, difficultés à trouver l'amour et à l'entretenir. Las d'attendre une vie meilleure, certains abandonnaient le combat, parfois même avant l'âge de vingt-cinq ans, et mettaient fin à leurs jours dans un silence des plus assourdissants.

Mais d'autres, comme Paul, avaient au contraire fait leur ce nouveau paradigme : l'extinction progressive de l'espèce humaine était une quasi-certitude, dans la mesure où, malgré les divers avertissements reçus par les gouvernements successifs, le réchauffement climatique n'avait pas été combattu de manière prioritaire. Dès lors, la perspective d'un dérèglement général étant considérée comme irrésistible, de nombreux jeunes avaient revu leurs objectifs de vie à la baisse, pour coller davantage à la réalité qu'ils observaient. Leurs ambitions se résumaient, dans ce contexte inédit, à quelques points essentiels : un travail, fût-il répétitif et requérant une qualification bien en deçà de leur niveau d'études ; une consommation limitée, compte tenu de la cherté de la plupart des denrées disponibles ; et un petit cercle de sociabilité, pour ne pas perdre la raison. Pour des millions de jeunes adultes, cela était devenu le seul rêve possible. Paul était un représentant ordinaire de cette génération minimaliste, dont le désenchantement n'était plus vécu comme un sentiment, mais comme une contrainte de premier ordre.

Ce « projet de vie », à supposer qu'il y en eût véritablement un, avait toujours été celui de Paul. Pendant son adolescence, il aimait se balader dans les rues de Provins, son casque de musique vissé sur les oreilles, en écoutant de l'électro. Il allait souvent boire un coup au Marronnier, un café très sobre situé rue du Val qu'il préférait nettement au Duplex, un équivalent plus bruyant, que ses camarades fréquentaient, du côté de la rue Hugues-le-Grand. Il se voyait traverser la vie ainsi : comme un passant venu siroter une grenadine dans une rue piétonne, sans préoccupations ni ambitions majeures.

Sa discrétion extrême énervait parfois les gens, au point que certains le croyaient même idiot : il portait aussi souvent un casque avec réducteur de bruit qui l'isolait du vacarme du monde. Il se mouvait dans la ville avec tant de légèreté qu'on aurait pu croire qu'il n'existait pas. Et c'était sans doute aux yeux de Paul un objectif en soi : il souhaitait limiter autant que possible les interactions avec l'extérieur qui, la plupart du temps, étaient vécues comme une violence pour lui, qu'il s'agisse des moqueries sur son physique, sur son accoutrement, sur ses manières, ou plus encore sur ses TOC. Dans sa bulle, il pouvait vivre comme il le voulait, en mettant à l'écart les superficielles tentations autant que les intempestives agressions.

Devenu adulte, cette attitude générale avait été progressivement comprise par son entourage. Au magasin, son patron appréciait son comportement stable et lisse, et en faisait même un modèle pour l'ensemble de son équipe. « Prenez exemple sur Paul ! Il n'est jamais en retard, il fait toujours le travail qu'on lui demande, il sait faire preuve d'esprit d'initiative, il est honnête, et pour ne rien gâcher il présente bien auprès de la clientèle. Prenez-en de la graine, ce sont les gars comme lui qui sauront traverser les épreuves qui arrivent ! » Les rapports entre Paul et sa hiérarchie avaient toujours été excellents : pas de désaccords majeurs, pas de reproches, pas de grandes contestations non plus, de part et d'autre.

Jusqu'au jour où Paul avait été accusé d'avoir volé dans la caisse, et ce, à plusieurs reprises. Il fut licencié pour faute grave. Quoique terrassé par cette fausse accusation, il n'avait pas voulu protester, sans doute pour ne pas accabler Stéphane, l'un de ses collègues, qu'il soupçonnait d'être l'auteur réel des vols.

Paul était donc retourné chez lui, un modeste studio de 19 mètres carrés situé dans une impasse en rez-de-chaussée, et il s'était vite retrouvé sans ressources : Pôle Emploi ne prévoyait pas d'indemnités pour les personnes licenciées pour ce type de motif – la faute grave. Alors il avait dû piocher dans ses économies pour pouvoir continuer à s'acheter ses paquets de pâtes, de riz, et ses saucisses au poulet sous Cellophane. Il ne mangeait pas de porc, non pas pour des raisons de croyance, mais parce qu'il connaissait les conditions de vie immondes que les cochons subissaient dans les élevages intensifs. Paul ne supportait pas la violence gratuite, y compris lorsqu'elle touchait les animaux ; il ne faisait d'ailleurs aucune différence entre la valeur des humains et celle des bêtes.

Au début, sa mise au ban social se passa pour le mieux : il avait retrouvé le goût de la lecture, que son rythme de travail avait détricoté au fil du temps, il s'était remis au sport – la course à pied – et il avait même contribué au lancement d'un site internet communautaire sur lequel des producteurs de légumes pouvaient vendre des produits sains, sans intermédiaire aucun. La plateforme, qui enregistrait chaque jour de nouveaux visiteurs, avait même attiré l'attention d'un business angel qui investissait dans des start-up, et qui voulait racheter le concept pour le développer. Paul ayant été l'une des personnes à l'origine de l'idée, le deal aurait été une occasion pour lui de se faire une importante somme d'argent – des centaines de milliers d'euros, au bas mot. Mais il n'aimait pas le modèle de ces jeunes entreprises, en particulier leur type de financement qu'il associait plus ou moins à de l'escroquerie. Alors il s'était retiré du projet, et avait laissé l'un de ses cofondateurs, Julien, profiter du deal juteux. La tranquillité d'esprit n'avait pas de prix. Mais après avoir puisé dans ses économies durant près de six mois, il s'était retrouvé sans le sou, et avait, en désespoir de cause, fait une demande de RSA. L'administration lui avait à juste titre répliqué que l'aide n'était ouverte qu'aux personnes de vingt-cinq ans au moins ; or, il n'avait que vingt-quatre ans et demi. Une de ses amies, elle-même en galère, lui avait toutefois précisé qu'une nouvelle formule, appelée « RSA jeunes », était depuis quelque temps ouverte aux personnes qui avaient travaillé pendant au moins deux ans. Sauf que Paul n'avait été salarié que pendant un an et demi, au Franprix, il était donc par définition exclu du mécanisme d'aide.

Sa situation s'était alors dégradée. Il maigrissait à vue d'œil, mais il continuait à faire du sport, se nourrissait de moins en moins, faute d'argent, et même si plusieurs personnes de son entourage lui avaient conseillé de se rendre à des banques alimentaires, il estimait qu'il y avait toujours « pire » que lui, et qu'il ne se voyait pas « prendre la place de ceux qui en ont vraiment besoin ».

Alors il achetait le minimum vital : des boîtes de conserve, du pain, et quelques yaourts nature. Paul commençait à aimer cette manière qu'il avait de traiter son corps ; il en faisait un véritable outil non pas au service d'une quelconque recherche de performance, comme les amateurs de fitness ou de tir à l'arc, mais en soutien à sa propre survie. Son corps, il le possédait tout entier, et il pouvait en conséquence l'adapter à sa situation : c'était l'unique bien qui lui appartenait encore.

Une de ses amies, Sophie, s'était un jour inquiétée de le voir si amaigri. « Tu as beaucoup perdu, tu es sûr que tout va bien ? » Elle soupçonnait une maladie, mais Paul l'avait vite rassurée : « Ne t'inquiète pas, je mange à ma faim, et je suis allé chez le médecin il n'y a pas si longtemps, j'ai simplement réduit ma consommation de certains aliments, et je ne prends plus d'alcool, l'effet sur le poids est immédiat. C'est fou ce que le corps est plastique ! » Cette fois-là, ils avaient fait l'amour, mais moins intensément que d'habitude. Paul se sentait beaucoup plus faible depuis qu'il ne prenait plus que deux repas par jour. Les bobos appelaient ça le « jeûne intermittent ». « C'était sympa ! » lui avait toutefois envoyé Sophie, par texto, quelques minutes après avoir quitté son appartement.

Ce fut le lendemain que des travaux de grande ampleur commencèrent dans une copropriété voisine.

# 2

Des bruits stridents avaient débuté tôt dans la matinée, avant même que Paul ait fini son café lyophilisé. Des promoteurs avaient racheté une grande partie d'un immeuble pour le diviser en de multiples petits lots. L'idée était de pouvoir cumuler deux procédés pour augmenter la rentabilité : d'un côté, il s'agissait de faire des colocations au sein des appartements, ce qui permettait d'élever sensiblement le loyer global ; et de l'autre, l'objectif était d'instaurer un système de location dite « à temps partiel », où les personnes n'avaient accès au logement que quelques jours par semaine, selon un principe de roulement – la pratique se développait fortement depuis la pandémie qui avait donné envie à bien des gens de s'installer en province tout en conservant un point de chute à Paris. Bref, il s'agissait d'une opération immobilière rondement menée, mais qui supposait de forts réagencements de l'immeuble. Les travaux devaient durer plus de deux ans.

Paul avait encaissé beaucoup de choses ces derniers

mois, mais le bruit, il ne supportait pas. Plusieurs fois, il avait contacté le maître d'ouvrage, mais, systématiquement, on le mettait en attente, puis la secrétaire finissait par raccrocher. Il avait donc rédigé un courrier, qu'il avait envoyé en recommandé avec accusé de réception, pour rappeler les obligations du propriétaire en matière de nuisances sonores. Aucune réponse ne lui avait été envoyée en retour. Alors il avait investi dans un casque antibruit, qu'il avait dû payer en plusieurs fois sur le site de Decathlon. Ce n'était pas une solution idéale, mais le bruit, jamais supprimé, était néanmoins atténué. Certaines opérations du chantier mobilisaient d'intenses ressources en machines, pour crever les plafonds, péter les cloisons, et refaire des planchers. Et comme c'était le début du printemps, et qu'il faisait déjà assez chaud, les ouvriers avaient pris l'habitude d'ouvrir les portes et les fenêtres pendant qu'ils travaillaient, afin d'aérer les espaces. Par conséquent, le bruit qu'ils émettaient n'était pas filtré, et arrivait dans les oreilles de Paul à plein volume. Souvent, pour amplifier l'efficacité du casque, il mettait au préalable des boules Quies dans ses oreilles, afin d'assurer une étanchéité parfaite. Mais son studio, comme la plupart des logements parisiens, était très mal isolé : il n'avait que du simple vitrage ; quant aux menuiseries elles-mêmes, elles se trouvaient en bien mauvais état. Et le bailleur, que Paul avait prévenu au bout de trois mois de chantier, ne souhaitait pas faire de nouvelles dépenses pour un logement qui lui avait déjà coûté « la peau des fesses », dans un contexte de flambée des prix de l'immobilier. Il faut dire que le quartier du XIX^e arrondissement, historiquement populaire, était devenu inaccessible depuis que la gentrification s'était répandue dans la totalité de la capitale, à un rythme abracadabrantesque.

Paul ne supportait plus les bruits du chantier voisin ni ceux de toute la copropriété qui en émettait naturellement : le son des chaussures et des talons, dans les escaliers ; celui des bouteilles en verre, que les résidents balançaient dans des grandes poubelles, sous ses fenêtres ; celui des mômes, dont certains poussaient des cris intenses ; et bien évidemment le tapage que produisaient certains habitants de l'immeuble lorsqu'ils organisaient des fêtes. Fut un temps, Paul y était invité, à ces sauteries de voisins, mais depuis qu'il s'était plaint du bruit du chantier, il était plus ou moins perçu comme une brebis galeuse, un « emmerdeur au chômage » qui n'avait rien à foutre de ses journées et qui, par voie de conséquence, voulait « faire chier la France qui travaille ». Il faut dire qu'un certain nombre de ces personnes avaient elles-mêmes investi dans l'immeuble d'en face, et avaient comme objectif de louer des appartements selon le mode qui avait été prévu : colocation couplée à de la location à temps partiel. La proximité du lieu constituait d'ailleurs un avantage non négligeable, car, de cette manière, les propriétaires-investisseurs pouvaient surveiller l'évolution du chantier en regardant par la fenêtre de leur habitation. Une vingtaine d'habitants de l'immeuble de Paul avaient ainsi mis des billes dans ce vaste projet. Ce faisant, un début de ségrégation avait vu le jour, au sein de la copropriété : d'un côté, il y avait ceux qui se réjouissaient de l'avancée du chantier d'en face, riant à gorge déployée lorsqu'ils entendaient les marteaux-piqueurs s'enfoncer dans le sol et voyaient les gravats s'éjecter par les fenêtres, et de l'autre, il y avait ceux qui ne faisaient que subir les nuisances, sans avoir à la clé aucun retour lucratif sur investissement. Lorsque Paul rencontrait les résidents du camp opposé, dans les parties communes, et que leurs regards se croisaient, la tension était palpable, et même si personne n'osait la ramener, on sentait que tout était alors possible : une parole véhémente, proférée par l'un ou l'autre, un geste brusque signifiant une menace, voire carrément une agression physique. Paul n'était pourtant pas un homme violent.

Un matin, un mot avait été collé sur la face intérieure de la porte d'entrée : « Nous remercions les résidents de l'immeuble de bien vouloir respecter l'avancée des travaux du chantier situé de l'autre côté de la rue. Nous rappelons à toutes fins utiles que ceux-ci se déroulent dans le strict respect de la réglementation en vigueur, et que, dès lors, toute atteinte à leur bon déroulement peut constituer un délit passible de sanctions en justice le cas échéant. Nous vous remercions de votre compréhension. »

Ce jour-là, Paul avait arraché le papier et l'avait jeté dans la boîte aux lettres d'un des copropriétaires qui, selon ses informations, avait investi près de deux millions d'euros dans le chantier, avec pour objectif de louer quatre à cinq appartements. Ce qui était surprenant, dans l'affaire, ce n'était pas l'investissement lui-même, qui devait respecter de savants calculs de rentabilité ; non, ce qui avait étonné Paul, c'était l'origine d'une telle somme. Le propriétaire en question n'avait qu'une petite quarantaine d'années et occupait un job de cadre moyen dans une entreprise située à la Défense. Sauf que peu d'emplois de ce type permettaient de générer de très hauts niveaux de rémunération. Paul s'était dit que l'argent que l'homme avait perçu devait sans doute provenir d'un héritage familial, qui constituait, en France, l'une des principales sources d'enrichissement.

« Il fait ce qu'il veut de son argent », avait-il néanmoins répondu à un autre locataire, près des poubelles, alors que celui-ci s'était lancé dans une vaste dénonciation du « scandale » que représentaient les inégalités de patrimoine. Car Paul n'aimait pas détester les riches. Il n'aimait détester personne. Tout ce qu'il souhaitait, c'était que le bruit du chantier cesse – et qu'on le laisse tranquille. Si la situation sociale de Paul n'était pas reluisante, sa santé commençait à lui jouer des tours. Le stress, vraisemblablement occasionné par les nuisances sonores, avait déclenché chez lui de l'hypertension artérielle tandis que, la nuit, il était souvent pris de crises d'angoisse.

« Je fais des cauchemars, dans mon sommeil, où j'imagine des gens sur des chantiers en train de taper comme des dingues avec leurs machines, leurs outils, en affichant un sourire narquois. Je sais que ça ne correspond pas à la réalité, docteur, je le sais bien, mais c'est parfois tellement proche de mon quotidien que j'ai du mal à faire le distinguo, lorsque je me réveille… » Son médecin généraliste lui avait conseillé de prendre des antidépresseurs ou des anxiolytiques, mais Paul avait catégoriquement refusé : « Je ne veux pas entrer dans une forme de dépendance, je veux rester maître de mes faits et gestes. » Alors il s'était contenté de prendre des produits à base de plantes, censés aider à dormir, et, le soir, avant de regarder le journal de 20 heures sur son ordinateur portable, il courait sur place pendant trente à quarante-cinq minutes. « C'est très bon de faire du sport pour réduire les angoisses », avait affirmé le docteur. « Et en plus, c'est gratuit ! » avait-il ajouté. Paul s'était un moment demandé s'il ne se foutait pas de sa gueule – le médecin connaissait son indigence, et lui avait fait quelques remarques déplacées à ce sujet. « Vous n'êtes pas à la CMU, j'espère ? Nous ne prenons pas ce genre de patients ! » Il était pourtant toujours rattaché au régime général de la Sécu, puisqu'il avait travaillé pendant plus d'un an et demi au Franprix en tant que salarié. L'affiliation à la CMU devait probablement se déduire du faciès. Du sien, en l'occurrence.

Pour ne pas devenir fou, Paul avait décidé d'instaurer des rituels. Chaque matin, il déposait des candidatures sur LinkedIn pour retrouver un emploi. Vers midi, il courait sur place pendant une vingtaine de minutes, le plus souvent devant un épisode de la série *Emily in Paris*, sur Netflix – le contenu au ton léger avait tendance à lui changer les idées. En début d'après-midi, il lisait ou bien allait se balader aux Buttes-Chaumont, où il croisait parfois des clochards avec qui il discutait, et, en fin de journée, il se remettait à postuler sur LinkedIn ou peaufinait des lettres de motivation dont il adaptait le texte en fonction de chaque employeur. Il ne voulait surtout pas qu'un job lui passe sous le nez.

Le problème, c'est que, malgré les qualités de son profil, les recruteurs appelaient souvent son ancien employeur pour vérifier le sérieux de la candidature, et là, tout s'effondrait : l'affaire du faux vol dans la caisse remontait aux oreilles des intéressés, et le processus d'embauche s'interrompait net. Paul avait bien pensé à se reconvertir dans un autre domaine – par exemple la vente de vêtements –, un domaine suffisamment éloigné de son job à Franprix pour que les recruteurs ne jugent pas nécessaire de demander des précisions à son ancien patron, mais il ne s'en sentait pas capable. Ranger des produits dans des rayons et gérer des stocks constituaient des tâches aisément réalisables, mais accueillir de la clientèle, qui demanderait des précisions sur tel T-shirt ou telle paire de chaussures qu'il faudrait ensuite faire essayer aux acheteurs potentiels, lui semblait hors de ses capacités. Paul n'avait pas peur d'autrui à proprement parler, mais il manquait de confiance en lui, et même lorsqu'un client lui demandait où se situaient les yaourts ou le rayon des vins, il bottait en touche et répondait, en toute honnêteté : « Je ne sais pas. »

Consciente du problème, son amie Sophie lui avait conseillé de postuler des postes en supermarché plus éloignés de son domicile, de façon à essayer de contourner l'infernal jeu du coup de fil à l'ex-employeur, mais la stratégie n'avait rien de sûr, et Paul ne se voyait pas faire trois heures de transport par jour pour son travail ; en outre, il avait depuis longtemps résilié son pass Navigo. Il faisait tout à pied, pour réduire ses dépenses, et pour s'oxygéner l'esprit, lorsque les bruits dans son appart devenaient insoutenables.

# 3

Le printemps avait à peine commencé et l'inflation avait déjà atteint près de 8 %, depuis le début de l'année. Tous les prix étaient concernés : le gaz, l'électricité, l'essence, et bien sûr, la nourriture. Paul ne consommait pourtant rien de frivole : du pain complet Harry's, des pâtes en paquets d'un kilo, du riz basmati, du faux café, du beurre, et parfois des œufs et des yaourts nature à 0 % de matières grasses. Pas de jus de fruits, pas d'alcool, pas de sauces, pas de gâteaux apéritifs, pas de lait, pas de confiture, pas de viande, ni de poisson, bref, rien de cher – en temps normal. Mais la guerre en Ukraine avait entraîné des tensions sur les prix, lesquelles avaient été aggravées par les mouvements spéculatifs. Pour 30 euros par semaine, Paul ne pouvait acheter que le strict nécessaire, sachant qu'il ne mangeait presque rien le matin et qu'il avait supprimé le repas du midi. Même la moutarde, qu'il avait l'habitude de mêler à la plupart de ses plats pour leur donner un peu de peps, avait quitté ses placards : c'était devenu un produit onéreux, presque un produit de luxe.

Aussi, il s'était autorisé à se rendre de temps en temps dans une banque alimentaire située porte de la Villette, dans le XIXe arrondissement. La plupart des personnes qu'il y croisait étaient des jeunes, le plus souvent étudiants. Certains d'entre eux avaient même un travail, mais avec un niveau de salaire qui ne leur permettait pas de payer l'entièreté de leurs frais fixes. Alors, en complément, ceux qui le pouvaient donnaient également des cours particuliers, payés au noir, à des enfants de bonne famille que leurs parents souhaitaient voir intégrer les « grandes écoles ». C'était probablement une intention noble. Mais pendant ce temps-là, la condition pour survivre d'une partie de la jeunesse française, c'était de faire la queue.

En attendant son tour, Paul contemplait ces corps fins et juvéniles réclamer leur pitance. Ils étaient pourtant à l'âge où leur destinée normale aurait été de bouger, de danser, de courir dans les parcs et de parader sur les plages, l'été venu. Au lieu de ça, ils en étaient réduits à se courber, à fléchir pour demander l'aumône à une instance caritative. L'événement se produisait pourtant dans l'une des plus grandes puissances économiques du monde occidental, dont les dépenses publiques représentaient, au demeurant, l'équivalent de 60 % du PIB. Quelque chose devait ne pas tourner rond.

Pour pouvoir payer le reste de sa nourriture et faire

face à ses dépenses incompressibles – le loyer, en première ligne, mais également son forfait de téléphone et sa box internet –, Paul avait envisagé toutes les possibilités. Livrer des prospectus dans les boîtes aux lettres ; garder les animaux de compagnie de personnes riches, lorsqu'elles partaient en vacances ; il avait même essayé de se lancer dans la crypto, mais lorsqu'il avait compris qu'il s'agissait d'un marché éminemment volatil où les pertes étaient parfois considérables, il s'était vite ravisé. D'autant plus qu'il s'agissait de trouver un revenu stable et avec, si possible, des opportunités d'accroissement d'activité pour pouvoir faire face aux coups durs. Car à certains moments, Paul recevait sur la gueule ce qu'il appelait des « tuiles » : un dépassement de la consommation d'électricité occasionnant une régularisation ; une augmentation du prix des pâtes, qui constituaient somme toute l'essentiel de son alimentation ; et parfois des amendes qu'il devait payer lorsqu'il était pris en flagrant délit de fraude, dans les transports publics.

Il lui fallait non seulement trouver un travail, mais un travail dont la charge serait telle qu'il devrait effectuer des heures supplémentaires, le cas échéant – les salaires étaient si bas, en France. Il cherchait donc un emploi solide et rémunérateur, sauf que voilà : sans diplômes, et avec un CV bourré de trous, les occasions manquaient, et même en fouillant au fin fond des annonces postées sur LinkedIn, on ne trouvait jamais de perle rare. Jamais.

Sa voie de secours, Paul la trouva après une soirée exceptionnellement arrosée qu'il avait passée chez des amis homosexuels, lesquels organisaient un dîner près de Bastille. Il avait eu l'occasion de discuter avec un jeune homme d'une vingtaine d'années, Clément, qui, à côté de ses études de droit, s'était lancé dans une activité d'escorting, en autoentrepreneur. « C'est assez simple, comme tu le sais, la prostitution est tolérée, même si elle est interdite dans les lieux publics ; donc, techniquement, si tu as un appart à toi, tu peux très bien faire venir des mecs – enfin, qui tu veux –, tu fais ton affaire, tu prends le pognon, et tu déclares tout ensuite sur ton compte, tu payes même des charges sociales dessus. Comme ça, tu es en règle, et personne pourra te reprocher d'avoir des sources de revenus bizarres. Tu baises, ou tu te fais baiser, selon tes goûts, et t'encaisses. Et terminées les fins de mois difficiles ! »

Paul avait d'abord affiché sa surprise face à la décontraction avec laquelle ce jeune homme lui expliquait la méthode qu'il avait trouvée pour financer ses études, mais une fois rentré chez lui, il avait voulu se faire une tartine avec du tarama – c'était l'un de ses péchés mignons. Sauf que cela faisait bien longtemps qu'il n'avait plus les moyens de s'en acheter, du tarama, alors ce soir-là, il s'était contenté de manger du pain

Harry's. Grillé. Sans rien dessus. Avant de se coucher, vers 3 heures du matin, il s'était regardé, nu, dans le miroir de l'entrée ; il n'était pas mal, physiquement. Il se remémorait les paroles de Clément : « Tu es jeune, mince, plutôt imberbe, et propre. Tu as toutes tes chances sur le marché du sexe tarifé. Je serais toi, je prendrais 150 euros de l'heure, à l'aise. Et même si t'es pas gay, ce n'est pas grave, j'connais des potes hétéros qui se prennent des bites dans le cul pour pouvoir aller jusqu'au bout de leurs études de médecine… Tu mets du lubrifiant, des capotes, et honnêtement, tu n'as pas vraiment de souci à te faire. Et ça résoudra tes problèmes de pognon en un clin d'œil. Regarde, moi, y a un an, je vivais limite dans la rue, et maintenant, je peux m'acheter du Balenciaga, c'est te dire… » Malgré les arguments de Clément, l'éventualité de devoir se faire enculer lui donnait la nausée.

Le lendemain matin, se sentant acculé, Paul s'était malgré tout inscrit sur le site Romeo qui proposait une sorte d'extension spéciale vers l'escorting, via la plateforme HUNQZ. Il n'était pas gay, mais Clément lui avait laissé entendre que le marché des homos était plus fluide que celui des hétéros, en matière de sexe : « J'ai des collègues escorts qui essayent de démarcher des filles, mais c'est plus difficile d'accès, c'est souvent dans des milieux très fermés, et haut de gamme, alors que chez les pédés, en dix minutes, tu peux potentiellement trouver un client. Après, c'est pas toujours des mecs du meilleur acabit, mais tu peux dire non, si tu le sens pas, à toi de fixer tes critères. Moi, par exemple, je ne fais jamais dans les gros, ça me dégoûte, mais y en a d'autres qui aiment, idem pour les poilus, c'est complètement subjectif. »

Paul devait d'abord se familiariser non seulement avec le mode de fonctionnement du site, mais aussi avec les termes du milieu qu'il ignorait totalement. Les « tribes », autrement dit les catégories de mecs, lui semblaient correspondre à des notions ésotériques : « twink », « jock », « bear ». Il avait deviné ce que la plateforme entendait par « geek » et par « daddy » ; mais, pour le reste, il dut rechercher sur Google et, pour les détails plus précis encore, il se renseigna directement auprès de Clément, qui se montra ravi de pouvoir guider Paul dans ce nouvel univers. « Tu vas voir, en prenant quelques précautions, ça peut être vachement marrant, ce taf ! Faut pas se fier aux apparences. »

En bon élève, Paul avait déjà tout mis en place : une fiche en ligne complète et soignée, qu'il avait agrémentée d'une belle photo de lui à moitié nu ; et il n'était pas peu fier du pseudo qu'il avait trouvé pour exercer son activité de façon anonyme. Gordon. Voilà le nom qu'il comptait utiliser pour se lancer dans le métier – l'appellation faisait bien sûr référence au personnage avide du film *Wall Street*, qui mettait en scène un financier redoutable, interprété par Michael Douglas. Il s'en était vanté auprès de Clément, qui ne connaissait pas la référence mais la trouvait très amusante : « C'est bien ! C'est dans cet esprit qu'il faut faire ce boulot, avec de la légèreté et de l'autodérision, sinon ça devient vite glauque… »

Le soir même, de nombreux mecs étaient déjà venus parler à Paul : « T'as l'air bien baisable, si t'es chaud, je peux recevoir à l'hôtel… » ; « Sympa, le boxer. Tu suces sans capote ? » ; « Si je peux te prendre avec mon cousin en mode plan à trois, je double la mise. Intéressé ? *Barebacking ?* »

Paul avait décidé d'aller jusqu'au bout mais il n'avait pas voulu exagérer le niveau de son tarif : il préférait commencer bas puis monter progressivement, pour évaluer la demande. Son objectif n'était pas de faire du *one shot*, mais idéalement de trouver des baiseurs réguliers, autrement dit des mecs qu'il pourrait voir chaque semaine, selon un principe d'abonnement. Il se disait même qu'avec un peu de chance, et un discours bien rodé, certains gars seraient prêts à lui faire des virements automatiques directement sur son compte bancaire, en début de mois. Clément lui avait expliqué que de rares clients acceptaient de le faire : « Si tu veux taper dans cette catégorie, t'as intérêt à te donner, parce que là, c'est de l'or en barre. T'en as qui s'organisent comme de vrais pros, et qui tournent avec seulement cinq ou six mecs, ce qui n'est vraiment pas grand-chose, et pour un coup dans le cul par semaine, multiplié par le nombre de types, tu peux te faire un salaire de cadre… Mais bon, commence petit, et ensuite tu verras. »

Pris d'un certain engouement, et sérieusement animé par l'envie de s'en sortir, Paul avait l'intention de mettre le paquet. Il se disait : « Quitte à me dégrader, autant que ce soit rentable, et le plus rentable possible. » C'était selon lui une sorte de rémunération du risque. En vendant son corps, il s'excluait d'office du cercle des métiers « respectables », de façon irréversible, car il se doutait bien qu'il serait difficile, une fois les opérations lancées, de revenir en arrière. Il lui fallait donc tout faire pour que cet ultime actif dont il disposait – son cul – devienne une denrée chère et convoitée. C'était ça ou crever dans la misère.

Paul avait commencé à échanger de façon active avec une dizaine de types, dont le profil lui inspirait plutôt confiance. Il s'agissait d'hommes relativement jeunes – moins de quarante ans – et qui savaient s'exprimer, en tout cas par écrit. Car il ne s'agissait pas de s'adresser à la plèbe : Paul visait en priorité les gros portefeuilles. Il ne voulait pas s'occuper des cas sociaux mais tout simplement se remplumer. Or, pour juger du pouvoir financier des intéressés, la qualité de l'écriture était un critère hautement discriminant.

Il fallait toutefois éviter de se laisser berner par ceux

qui, même s'ils maîtrisaient la langue française, pouvaient très bien exercer des métiers peu rémunérateurs : profs, chercheurs, petits fonctionnaires. Ceux-là, Paul n'en voulait pas. Il voulait « du sale », sur un plan financier, autrement dit des hommes aisés, voire riches, avec des métiers à la con : des directeurs, des chefs, des managers d'on ne sait quoi. Bref, des « connards » dans le style de celui qui l'avait accusé à tort de voler dans la caisse, au Franprix. C'était sa manière à lui de se venger. Il se délectait à l'avance de pouvoir entuber des mecs friqués aux jobs opaques, comme le bonhomme de son immeuble avec son boulot à la Défense et ses millions d'euros investis dans la pierre. Malgré ses airs d'enfant sage, Paul avait la haine.

« Fais attention à ne pas la jouer direct trop pognon, quand même, avait prévenu Clément, alors que Paul l'avait de nouveau appelé pour se réjouir de l'avancement de son projet. Les mecs sentent l'arnaque venir, en tout cas les jeunes qui veulent profiter, et d'autant plus si tu tapes dans des CSP+. Les types smart, ça peut tout à fait se laisser embobiner, mais, pour les retourner, il faut y mettre du sien. Il va te falloir de fortes compétences en manipulation psychologique… »

Après une sélection minutieuse, cinq mecs semblaient pouvoir remplir tous les critères, sur HUNQZ. Tous se montraient polis, respectueux, et ne semblaient pas gênés par l'argent – ils devaient sans doute avoir recours à ce genre de pratique de façon habituelle. « Ton prix sera le mien» ; «Je peux mettre plus que le tarif indiqué» ; «Si on reste ensemble toute la nuit, j'te paye un SMIC». Un instant, Paul se crut presque dans *Pretty Woman* : tous ces mecs pouvaient être ses Richard Gere, avec un peu d'imagination, à l'exception du fait qu'il n'y avait rien de spécialement romantique, dans l'affaire. Quoi qu'il en soit, il savait que certains gars pourraient se montrer très fleur bleue, et dépenser de l'argent en quantité pour pallier leur manque d'affection. Après tout, les plateformes d'escorting prospéraient sur un terrain extrêmement fertile, à l'ère contemporaine : celui de l'individualisme forcené et de l'isolement, lequel s'était considérablement renforcé depuis la pandémie. Il y avait des cœurs à prendre, et ces cœurs, en tout cas certains d'entre eux, ils avaient du fric.

Paul se sentait fort, désormais.

# 4

Paul avait passé une excellente nuit : pas de stress au coucher, pas de crise d'angoisse nocturne, pas de réveil difficile… Il s'était endormi en pensant à son nouveau statut d'escort et l'idée lui plaisait de plus en plus. Non pas qu'il voulût se faire attraper et concrètement baiser par de sombres inconnus, tant s'en faut, mais le sexe tarifé lui semblait être une solution plus que convenable pour sortir de la détresse sociale dans laquelle il s'était enfoncé, et, sachant que le corps était inéluctablement voué à pourrir, il fallait en profiter tant que la marchandise avait une valeur reconnue sur le marché. L'argent restait le nerf de la guerre dans la société capitaliste et libérale ; un manque de moyens finissait toujours par vous rattraper, puis par vous empêcher de vous nourrir, de vous loger, de vous divertir… Sauf que Paul ne tenait pas à vivre comme un chien errant jusqu'à la fin de ses jours ; il souhaitait au contraire se reprendre en main et se projeter dans un nouveau destin, moins déprimant et davantage axé sur les plaisirs.

Il n'avait pas vraiment profité de sa jeunesse, parce qu'il n'avait aucune confiance en lui, mais aussi en raison de ses ressources plus que limitées et de cette peur de manquer qui le paralysait. S'amuser dans une ville comme Paris était en réalité réservé à une super-élite, généralement issue de familles fortement favorisées qui pouvaient payer des études et des logements décents à leurs enfants. Paul, pour sa part, avait dû se débrouiller seul ; c'est d'ailleurs pour cette raison même qu'il avait toujours fait passer le travail avant la détente, les efforts avant les divertissements. C'était la double peine que supportaient tous les pauvres de sa catégorie.

Mais ce matin-là, son café n'avait pas le même goût que d'habitude : on disait souvent qu'un changement important dans la vie de quelqu'un transformait réellement sa perception du quotidien. Et c'était vrai, dans le cas de Paul. De fait, alors que les bruits du chantier voisin avaient repris comme à l'accoutumée, il n'avait pas ressenti la même gêne, le même poids que les autres jours. Il se disait qu'avec l'escorting, il serait sans doute rapidement en mesure de pouvoir financer lui-même les menuiseries de son appart, et pourrait carrément envisager de prendre un meilleur logement, plus vaste et surtout plus calme. L'horizon s'éclaircissait nettement pour lui. Comme les jeunes footballeurs qu'on sortait de la misère sociale pour la virtuosité de leurs jambes, Paul prévoyait d'utiliser sa valeur charnelle pour s'extraire du gouffre économique. Grâce à son corps, il n'avait besoin de personne pour réussir ; ni de patron, ni de capital, ni de contrat, ni d'autorisation quelconque. Sa chair et ses traits constituaient les derniers remparts contre la déchéance sociale, en vertu d'une force tellurique indestructible qui le maintenait en vie. Car même s'il avait parfois l'impression que le nouveau monde numérique avait colonisé le quotidien au point de faire de l'espèce humaine une simple donnée digitale, ce corps, présent et tangible, donnait à Paul la preuve nécessaire de son existence.

Un dernier coup de fil à Clément lui avait permis d'ajuster les ultimes détails de son opération, et la préparation de son propre corps. « Je sais pas ce que tu as coché sur l'appli, mais généralement, sauf indication contraire, les mecs qui payent un escort s'attendent à ce qu'il soit entièrement épilé, ou au minimum rasé, absolument partout. Au niveau du visage, du torse, des fesses, du sexe, et de l'anus. » Il avait lourdement insisté sur ce dernier point : « Si tu cherches du régulier avec eux, il faut tout donner dès le premier rendez-vous, comme ça tu fais bonne impression, et après, t'es tranquille. »

Paul n'était pas encore sûr d'accepter, le cas échéant, de se faire sodomiser. Mais le tarif de la prestation fluctuait beaucoup en fonction de détails de ce type : « Plus tu coches de cases, plus tu augmentes ta valeur, avait précisé Clément. Tout en bas de la pyramide, c'est les mecs qui veulent juste sucer, et avec capotes, et, tout en haut, tu as les gars sous PrEP qui acceptent de se faire prendre dans tous les sens et sans préservatif, en *barebacking*. À toi de voir dans quel *game* tu veux être… »

Paul ignorait ce qu'était la PrEP, mais après une rapide recherche sur Internet, il apprit qu'il s'agissait d'une prévention médicamenteuse anti-VIH qui permettait théoriquement de baiser sans capote. Le traitement semblait efficace, et on pouvait se le faire prescrire facilement, mais il ne protégeait pas contre les autres infections sexuellement transmissibles (IST), telles la syphilis ou la gonorrhée. « Il y a toujours un équilibre à trouver entre d'un côté la maximisation de tes recettes et la minimisation des risques sur ta santé ; honnêtement, chaque escort fait comme il veut, il y a des gars super prudents, d'autres qui se disent qu'en dehors du VIH, il n'y a rien de très grave… Je suis plutôt de cette team. »

Clément était davantage qu'un exemple, pour Paul : il était devenu par la force des choses un modèle à suivre, et même un parrain. L'entrée dans le monde de la prostitution n'était pas aussi anodine qu'un premier jour chez Franprix ; même si, dans les deux cas, il s'agissait d'effectuer une prestation pour satisfaire un client. Paul n'avait de toute façon plus aucun état d'âme, au point où il en était. Il savait que le monde dans lequel il vivait était entièrement régi par les rapports marchands, il ne voyait donc rien de choquant, par principe, dans le fait de vendre son corps à autrui. Ce n'était somme toute pas très éloigné du travail que faisaient ses anciens collègues du supermarché, en particulier ceux qui s'occupaient de la caisse. Toute la journée, il s'agissait de prendre des objets – les produits sélectionnés par les clients –, de les palper pour trouver leur code-barres, puis de les faire glisser sur un tapis avant de demander le paiement, par carte ou en liquide. Quelle était la différence fondamentale avec une prestation d'escorting ?

Dans les deux cas, on utilisait ses facultés physiques pour réclamer un paiement. La seule véritable nuance entre un hôte de caisse et un escort, c'était la question de l'intimité, le sexe. Paul en était bien entendu conscient. Mais était-ce une partie du corps aussi singulière qu'on voulait le faire croire ? En quoi la bite était-elle si unique, si spéciale, comparée par exemple aux bras ou aux jambes ? Pour Paul, on donnait trop d'importance aux organes génitaux, on les sacralisait, et partant, on en faisant des totems. Ce n'était pas sérieux.

« J'ai toujours vu le cul plus ou moins comme un sport, avait expliqué Paul à Clément, un peu pour se rassurer lui-même. Je sais qu'il y a quelques particularités, dans l'acte sexuel, notamment la pénétration, et l'éjaculation, mais tout ça, ce sont des émotions, c'est purement intérieur, car, sur un plan matériel, il s'agit simplement d'un élément du corps, qu'on utilise d'une certaine manière. Les ouvriers aussi, ils utilisent des parties d'eux-mêmes de façon originale, pour planter des clous, porter des planches, ou monter des cloisons. Ça ne doit pas être facile de monter une cloison… Ni de réparer une voie ferrée défectueuse, en pleine nuit, lorsqu'on bosse à la SNCF. Et pourtant, personne n'en fait un drame, ça arrive tous les jours ! Il n'y a pas à ma connaissance d'association qui milite contre le droit de monter des murs ou de tirer des câbles… Mais en ce qui concerne la prostitution, là, on y voit tout de suite quelque chose de honteux, de sale, d'inhumain. Alors que la seule question qui importe, c'est le consentement. »

Paul avait parfois l'impression que quelqu'un d'autre parlait à sa place. Il croyait probablement à ce qu'il disait, mais au fond de lui, il était surtout tétanisé par la perspective de sa première sodomie. Il allait forcément devoir y passer.

L'après-midi suivante, il s'était donc rendu au Monoprix pour se préparer à recevoir ses futurs clients dans les meilleures conditions. Un peu comme un chef d'entreprise qui devait s'assurer d'avoir les fournitures de bureau nécessaires pour accueillir convenablement ses employés, Paul avait listé tous les éléments dont il avait besoin : des rasoirs, de la crème dépilatoire spéciale parties intimes, du déodorant, du lubrifiant, et bien sûr des préservatifs, même s'il n'avait pas encore décidé s'il en mettrait ou pas. Il avait déjà pris rendez-vous dans un centre de santé sexuelle auprès du CeGIDD de façon à obtenir la PrEP dans les meilleurs délais. Il n'avait pas particulièrement peur des IST, mais le VIH, lui, restait une maladie qui le terrorisait.

Paul avait beau être plus que fauché, il ne voyait aucun mal à utiliser les derniers euros de son autorisation de découvert pour effectuer ses achats. Il se persuadait qu'il s'agissait d'un investissement, et non de dépenses de convenance, et surtout, il savait qu'il allait bientôt être en mesure de redresser sa situation financière, quitte à devoir mettre les bouchées doubles, au début. « Si tu t'organises bien, tu peux à l'aise t'en envoyer quatre par jour, mais ça suppose d'être très vigilant sur le respect des horaires avec tes clients. Et évidemment, t'as toujours des types qui pleurnichent pour pouvoir rester un peu plus, après la baise… À toi d'être assez fort psychologiquement pour les faire partir. De toute façon, ce ne sont pas tes potes, n'oublie jamais ça, ce n'est qu'un travail. Alors une fois la prestation terminée, pour le client, c'est dehors ! »

Paul s'était inspiré d'un podcast de l'écrivain Guillaume Dustan pour pouvoir effectuer son protocole beauté. D'abord, se laver les cheveux, et au besoin, se rendre chez le coiffeur ; puis s'épiler les poils du cul et raccourcir ceux du pubis ; et par-dessus tout, il était requis de se laver les parties intimes avec un savon spécifique pour ne laisser aucune odeur désagréable. Rien ne devait décevoir le client, le moment venu : ni au niveau des aisselles, ni dans le dos, ni bien sûr du côté du sexe.

Il convenait également d'effectuer un lavement : un nettoyage approfondi de l'intérieur du cul, pour accueillir la sodomie. On pouvait utiliser une poire pour ce faire ou tout simplement le tuyau de douche, afin de nettoyer la zone avec de l'eau en abondance. La pénétration anale était ensuite sécurisée, sur un plan hygiénique, y compris en l'absence de préservatif. Du moins, théoriquement.

L'opération devait être réalisée environ deux heures avant l'acte, pour une efficacité optimale, mais Paul souhaitait d'abord faire un test, pour s'assurer qu'il maîtrisait le geste. Il avait réussi à trouver des tutos vidéo, sur Internet, que des homos généreux avaient pris le temps de concocter. Et après quelques essais infructueux, Paul avait fini par prendre le pli : il savait désormais réaliser un lavement en trois minutes seulement, montre en main. « C'est une bonne chose de faite », se dit-il lorsqu'il se prépara à dîner, ce soir-là – une boîte de lentilles William Saurin.

Le lendemain matin, un certain Christian avait rendez-vous chez lui.

# 5

Le type était plutôt bien élevé – « Bonjour, ravi de faire ta connaissance » – et Paul avait tout de suite su le mettre à l'aise, en lui proposant un jus de fruits. Il avait mis un point d'honneur à ne pas boire d'alcool pendant le service, de façon à toujours garder le contrôle de la situation. Un débordement n'était jamais exclu, en matière de sexe, surtout que Paul savait bien qu'un homme restait fondamentalement une bête, il pouvait donc à tout moment perdre la raison et se livrer à des actes ou à des gestes déplacés – voire violents. La sexualité comportait sa part de radicalité, de façon intrinsèque, et en particulier chez les mâles. C'était une donnée connue au sein du règne animal.

Malgré l'accueil plutôt doux, rien n'avait ensuite été épargné à Paul : fellation exigée sans préservatif, puis sodomie, et enfin éjaculation avec avalement de sperme. Il avait failli vomir lorsque le bonhomme lui avait plaqué la tête sur sa verge pour le maintenir en position. Un moment, Paul voulut dégager la main du mec pour marquer son opposition, mais il avait aussitôt pensé à la récompense : « Je te donnerai 500 euros en tout si tu ne rechignes à rien. À toi de voir. » C'était une somme importante, surtout pour une prestation d'à peine deux heures… Paul s'était dit qu'à un tarif pareil, il se rapprochait très nettement du niveau de rémunération d'un consultant haut de gamme issu d'un cabinet comme McKinsey ou BCG. Il n'avait vraiment pas à rougir de son travail, en termes de compensation monétaire, d'autant que lui était certain de satisfaire ses clients, ce qui n'était pas toujours le cas de ces structures de consulting ; Paul le savait bien.

Le Christian était reparti plus que satisfait et après avoir lâché ses dix billets de 50 euros sur le meuble de la cuisine, il avait glissé sa carte de visite dans la poche du jogging de Paul, qui venait juste de se rhabiller. « N'hésite pas à me rappeler, si ça te dit qu'on se revoie, et même si t'as des galères d'argent. Vraiment, n'hésite pas. » On avait presque affaire à un gentleman.

La violente sodomie l'avait légèrement fait saigner, et profondément ébranlé psychologiquement. L'acte lui avait semblé interminable, et chaque va-et-vient, chaque pénétration avait été un supplice. Il avait jusqu'au bout pensé à interrompre l'opération, mais il savait qu'il ne fallait rien lâcher, pour véritablement apprendre à encaisser. C'était un exercice qui ne s'enseignait pas sur les bancs de l'école, fût-ce une école de commerce.

Paul avait ensuite pris plusieurs douches – au moins

trois, car il se sentait très sale, après tout ça –, et vers 14 heures, il était allé voir Clément, qui lui avait donné rendez-vous au Dépanneur, un bar de jeunes situé près de Pigalle. Pour débriefer.

« Bah dis donc, t'as pris cher, on dirait, mon pauvre ! s'était inquiété Clément, en voyant son ami débarquer. J'espère qu'il t'a pas contraint à faire des choses que tu ne voulais pas ! »

Paul avait en effet du mal à marcher, et son visage affichait une mine fatiguée, même abattue. « T'inquiète pas, je vais bien, avait-il rassuré son ami en s'asseyant sur une chaise. Mais c'est vrai que j'ai eu droit à la totale… Après, 500 balles, quoi. T'imagines ? 500 balles ! »

Ils avaient commandé un broc entier d'un cocktail à base de vodka. Paul avait envie de se vider l'esprit, d'autant qu'il avait déjà trouvé un autre client pour le soir même – un Asiatique qui travaillait dans une start-up spécialisée en cryptomonnaies. « Je vais pas me reposer sur mes lauriers, là, ça commence fort, avec des gros billets, mais je sais que ça sera pas toujours comme ça, donc pour le moment, j'optimise, et il sera toujours temps de faire le bilan dans quelques semaines. J'ai tellement de retard dans le paiement de certaines factures, faut absolument que j'me remette à flot… »

Clément ne cachait pas sa relative jalousie vis-à-vis de la prestation qu'avait donnée Paul. « C'est peut-être la chance du débutant, mais à ce prix-là, tu dois vraiment avoir un don. Parce que même un type bourré de pognon, il connaît les prix du marché, il ne va pas lâcher la moitié d'un SMIC comme ça… Tu m'impressionnes ! »

Alors qu'ils discutaient de la nouvelle saison d'*Emily in Paris* qui venait de débarquer sur Netflix, Clément aborda la question de la plateforme OnlyFans. C'était un site qui permettait de vendre des clichés et vidéos érotiques – et même pornographiques – auprès d'utilisateurs variés. « J'ai pensé en ouvrir un, il y a quelque temps, pour monétiser des photos chaudes, voire pourquoi pas des sextapes, mais j'ai peur pour ma réputation… J'me lance quand même dans des études de droit, avec l'espoir de devenir avocat ou juge, ça la fout mal si on retrouve des images de ma bite dans quelques années, quand je serai nommé à la cour d'appel de je sais pas où… Mais toi, limite, tu t'en fous. Tu ne comptes pas retourner bosser chez Franprix, de toute façon… »

Paul était séduit par le concept, même s'il ne connaissait pas encore grand-chose au fonctionnement de cette plateforme ; mais, effectivement, il en avait déjà entendu parler. Au-delà des travailleurs du sexe, dont certains créaient un OnlyFans pour arrondir leurs fins de mois, il y avait aussi un nombre grandissant de gens lambda sur ce réseau, des gens de tous âges qui développaient une présence en ligne dans l'espoir de pouvoir quitter leur job. Et régulièrement, on lisait dans la presse des *success stories* qui mettaient justement en avant des femmes ou des hommes qui s'étaient extraits du salariat ou du chômage pour rejoindre le statut de créateurs digitaux de contenus coquins… Parce qu'il y avait un intérêt très fort dans le concept en question : contrairement à des sites d'escorting classiques, il s'agissait sur un OnlyFans de poster des contenus sans qu'il n'y ait jamais de rencontre physique… La seule difficulté, comme toujours, en matière de réseaux sociaux, c'était de trouver son public. Les créateurs les plus populaires passaient littéralement leurs journées à tourner, monter et poster des vidéos sur Twitter ou Instagram afin de susciter l'intérêt des mâles de trente-cinq à cinquante-cinq ans, qui constituaient l'essentiel des « clients » sur OnlyFans. Ils utilisaient généralement des sites intermédiaires comme Linktree, qui renvoyaient ensuite vers leurs contenus payants, c'est-à-dire leurs contenus explicites, bref, les contenus où ils se montraient à poil.

Au moment de partir, Paul alla régler la note auprès du serveur. Il avait les moyens d'inviter son ami, et ça, c'était le signe d'un début de renaissance. Car, dans le monde qui était le sien, l'argent ne permettait pas seulement de régler des marchandises et d'acheter des éléments de confort ; c'était une véritable valeur en soi, qui permettait d'atteindre tout un éventail d'objectifs de vie : faire le bien, se montrer généreux, se sentir léger… L'argent avait bien d'autres vertus que la seule satisfaction des besoins ; à l'ère moderne, il avait le pouvoir de réaliser la plupart des désirs humains imaginables. En ce sens, ce n'était qu'un outil, et jamais une fin en soi, mais un outil qui s'avérait de plus en plus indispensable pour mener une existence digne et agréable, quelle qu'en soit la forme. Dès lors, en être dépourvu n'était pas seulement une privation : c'était une humiliation permanente.

Grâce à l'argent qu'il pensait pouvoir gagner, Paul s'apprêtait en quelque sorte à tout résoudre : rembourser ses dettes, payer ses frais fixes, épargner pour parer aux imprévus, faire plaisir à ses proches, aider des inconnus dans le besoin, cesser d'avoir des crises d'angoisse… On répétait souvent que l'argent ne faisait pas le bonheur, on oubliait de dire qu'il y contribuait à un haut, à un très haut degré. Car certes, la maladie et bien évidemment la mort frappaient chaque individu avec potentiellement la même brutalité, quel que soit son niveau de richesse, mais l'intensité de l'existence était souvent réduite à néant, sans les ressources suffisantes, et la vie s'apparentait alors à une douloureuse survie. Les pauvres mouraient ainsi deux fois : pendant leur phase de survie, précisément, d'une manière lente et progressive – les plus malchanceux d'entre eux devant attendre plusieurs décennies avant de passer l'arme à gauche –, puis au moment de la cessation de leur vie biologique. Les plus aisés, quant à eux, avaient le privilège de ne crever qu'une seule fois, et dans des conditions généralement plus douces. Ce n'était pas une mince différence.

En rentrant chez lui, Paul était tombé nez à nez avec le propriétaire multimillionnaire de sa copropriété : « Bonjour », lui avait-il lancé à la cantonade, sur un ton légèrement moqueur. L'investisseur foncier avait tout juste détourné la tête puis, récupérant son courrier dans la boîte aux lettres, il avait renvoyé un timide « oui, bonjour ». Pendant toute la durée de la séquence, Paul avait conservé un large sourire sur le visage. Au fond de lui, il se disait qu'il n'avait plus à se sentir impressionné par ce type, d'autant qu'au rythme que prenaient ses propres affaires, il pourrait peut-être lui-même devenir propriétaire, un jour... « La roue tourne », pensa-t-il en entrant dans son appartement, quelques instants plus tard.

Alors qu'il venait tout juste d'ouvrir sa porte, Paul eut soudain un flash désagréable : il se revoyait sur le canapé, la tête enfoncée sur le sexe de Christian, qui la lui maintenait de force. Il n'y avait pas eu viol, non, c'était en tout cas ce qu'il n'arrêtait pas de se dire, puisque le rapport avait été consenti, prévu, et grassement rémunéré. Et le bonhomme aurait vraisemblablement retiré sa main s'il avait senti une résistance réelle de la part de Paul ou des cris. Malgré tout, ce n'était pas un souvenir agréable, ni même simplement mémorisable : rien qu'en repensant à cette pression infernale que le type exerçait sur sa tête, il avait envie de hurler. Paul ne pouvait s'en prendre qu'à lui-même : il n'avait pas de mari violent à accuser, ni de proxénète à dénoncer, ni d'inconnu à faire arrêter par la police. C'était lui-même qui s'était infligé ses propres sévices.

« Tout va bien, tu sais que tout va bien », se répéta-t-il à haute voix, espérant ainsi faire cesser ses relents psychologiques.

Il avait eu envie de nettoyer tout son appart, bien que celui-ci n'eût pas de trace de saleté, que ce soit sur le sol, sur les meubles ou même sur le lit. La passe s'était déroulée avec vigueur mais sans éclaboussures excessives, de quelque provenance que ce soit. Paul avait de surcroît changé les draps pour accueillir son prochain client, dès lors rien ne gardait encore la trace de Christian dans le studio. Sauf que Paul continuait de le voir partout.

Il avait donc décidé de tout astiquer : la table du coin salon qu'il avait lessivée avec du St Marc, le parquet qu'il avait également lavé à grande eau, l'écran de son ordinateur, son clavier, sa souris, son téléphone, sa douche, son lavabo, son évier de cuisine, son réfrigérateur et même son micro-ondes. Au fond de lui, il sentait bien que la besogne était un peu absurde : le gars n'avait à aucun moment eu l'occasion d'utiliser ou simplement de toucher tout cela. Mais à chaque fois que Paul en avait fini avec un meuble, ou un objet, et qu'il sentait la bonne odeur de propre s'en dégager, il éprouvait un profond soulagement, comme si la crasse disparaissait progressivement. Le seul problème, et là, il n'y avait pas grand-chose à faire, c'était bien sûr avec son propre corps. Paul s'était lavé dans tous les recoins : les cheveux, le visage, le torse, les jambes, les parties intimes… Il avait répété l'opération à plusieurs reprises, mais il sentait encore une sorte d'effluve, qu'il n'arrivait pas à décrire. Les lavages de dents et le brossage de langue n'avaient pas davantage su éteindre cette sensation. Tout au plus, l'usage d'une solution de bains de bouche avait relativement diminué cette désagréable impression, mais ce n'était qu'un pis-aller, et Paul ne parvenait pas à extirper cette empreinte olfactive de son esprit. Elle était comme coincée dans son être.

« Toujours bon pour toi ? » reçut-il sur Romeo à 19 heures. C'était l'Asiatique. Pendant une fraction de seconde, Paul hésita à inventer une excuse pour ne pas le faire venir ; il se disait qu'il avait déjà fait une excellente journée et que ce n'était pas nécessaire de recommencer tout de suite la besogne. Mais il savait qu'en procédant ainsi, il prenait le risque de perdre le client, qui aurait pu, avec un peu de chance, devenir un régulier… « Oui, bien sûr, appelle-moi quand tu es devant, je te passerai les codes. »

Par chance, le type s'avéra d'excellente qualité : poli, doux, tendre, il n'avait aucune intention de brutaliser

Paul ni même de le baiser en réalité. Il cherchait plutôt un partenaire, éventuellement sexuel, le cas échéant, mais pas exclusivement. « J'ai pas beaucoup de personnes avec qui parler, j'ai besoin d'affection, de câlins, de conversations sur l'oreiller… »

Paul n'avait pas trop compris, au début, lorsque l'Asiate – qui s'appelait Huylam, un bien joli prénom – lui avait demandé de ne pas se déshabiller tout de suite. « Prenons notre temps, la vie est courte, raison de plus pour ne pas se presser. » Et comme il avait payé d'avance, en déposant 250 euros en liquide sur un meuble de la cuisine, il n'y avait pas eu d'embarras.

« Je ne suis pas psy… », avait lâché Paul maladroitement. « Mais si tu veux discuter, pas de problème, bien sûr, tant qu'on ne dépasse pas le temps qu'on s'était fixé, c'est tout. » Le gars avait souri, puis avait caressé la joue de Paul avec délicatesse. « Tu n'es pas de ce milieu, toi, ça se sent, tu dois débuter. Et d'ailleurs, je sais que je ne suis personne pour te dire ça, mais ne te gâche pas, ne te lance pas là-dedans… Tu te dis sans doute que tu en as besoin, financièrement, j'imagine bien que ce n'est pas par plaisir que tu fais ça, mais tu dois avoir tellement d'autres qualités à exploiter. Je te laisserai ma carte, tout à l'heure, je bosse dans un grand groupe, si ça te tente, je peux essayer de te brancher sur un poste. Tu mérites une autre vie. »

# 6

Huylam était vite devenu un régulier, pour Paul. Il venait le voir une à deux fois par semaine, et à chaque fois, il lui remettait l'équivalent de 200 euros en liquide, parfois plus. Rien qu'avec lui, Paul pouvait désormais payer son loyer et, en ajoutant les autres personnes qu'il voyait à un rythme plus variable, il était sur le point d'être sorti d'affaire. Progressivement, les dettes qu'il avait accumulées se réglaient, les frais auxquels il devait faire face ne représentaient plus des épreuves insurmontables, et il avait par-dessus tout retrouvé la capacité de se projeter dans un futur proche : envisager des petits achats, des sorties, voire des vacances. « Que demande le peuple ? » s'amusait-il désormais à dire à Clément, lorsqu'ils se voyaient pour faire le point sur leur situation. Le corps de Paul s'avérait être un efficace outil de lutte économique.

Pour autant, il n'avait pas véritablement modifié ses habitudes, au quotidien : il continuait à manger peu, à dépenser peu, à sortir peu ; ce qui avait véritablement changé, dans son mode de vie, c'était son état d'esprit. Lui qui avait régulièrement des idées noires, il avait maintenant foi en l'avenir, en ses capacités, et parvenait plus facilement à faire confiance à autrui.

Paul avait invité Clément à dîner chez lui. Ils avaient notamment prévu d'échanger sur leur statut de travailleurs sexuels, afin de pouvoir se conseiller mutuellement concernant les aspects stratégiques et administratifs. Paul avait remarqué qu'il y avait tout un tas d'associations qui militaient discrètement pour la reconnaissance de leurs droits, et depuis que ce travail lui avait permis de s'éloigner de la misère, il avait pris conscience de l'importance de la solidarité, au sein de cette petite communauté. « On n'est pas beaucoup, notre voix est peu entendue, elle est toujours stigmatisée, mais on est très soudés », avait dit à Paul l'un des responsables d'une de ces associations, lors d'un échange sur Instagram. Quelque peu usé par les passes, Clément comptait progressivement faire évoluer son travail vers une activité purement digitale, et avait de nouveau évoqué l'intérêt de créer un compte OnlyFans. « C'est vrai que c'est un taf différent, tu n'as plus de contact direct avec la clientèle, tu postes des contenus sur les réseaux, c'est plus impersonnel, mais ça peut monter en puissance si tu fais de la qualité. J'en connais qui arrivent à se faire plus de 3 000 balles par mois à côté de leurs études… et ça devient parfois tellement addictif que certains se demandent si ça ne vaudrait pas le coup d'arrêter leur formation pour s'y consacrer à plein temps. Même en tant que juriste, faut se battre pour atteindre ne serait-ce que 2 000 ou 2 200 euros net par mois. C'est pas dingue, surtout quand tu connais le niveau des loyers à Paris. »

Paul écoutait attentivement les remarques de Clément, qui appuyait sa démonstration en montrant sur son téléphone la façon dont fonctionnait concrètement un compte OnlyFans : c'était en réalité comme un réseau social, qui permettait de poster de façon chronologique différents types de contenus, des simples messages aux vidéos en passant par les images. Mais à l'inverse d'Instagram, on pouvait se faire de l'argent, sur ce que les initiés appelaient « OF » ; avec une arme quasi unique : le porno. Car dès lors qu'on pouvait déjà trouver gratuitement sur les réseaux habituels bon nombre de contenus coquins, il fallait se démarquer pour inciter les utilisateurs à sortir leur carte bleue. Alors les jeunes adultes des quatre coins du monde essayaient tant bien que mal de monétiser leur corps virtuel, par le truchement des mots clés et des algorithmes, Twitter jouant couramment le rôle de rabatteur : c'était souvent là qu'on pouvait jauger au préalable la qualité de la marchandise avant d'envisager une éventuelle transaction.

Ce n'était pas un exercice simple, et il y avait beaucoup de « churn » dans ce business, autrement dit de perte d'abonnés. Par conséquent, il fallait sans cesse intensifier les opérations marketing sur les réseaux, à coups de vidéos hard et de photos borderline pour obtenir en permanence de nouveaux clients, au risque de se faire bannir des plateformes traditionnelles. L'exercice ne connaissait pas de fin puisque la caractéristique fondamentale de l'ensemble ainsi déployé, c'était l'instabilité – exactement comme dans le reste du monde marchand, où ceux qu'on appelait pudiquement les « free-lances » remplaçaient progressivement les salariés qui coûtaient « trop cher » et bénéficiaient de garanties « trop contraignantes ». Dans cette instabilité tentaculaire, on pouvait voir deux choses en même temps : la flexibilité et la précarité. Les deux faces d'une même médaille.

« Comme pour n'importe quel autre réseau, tout est basé sur les niches, expliquait Clément. Nous, avec notre sexualité et nos gueules efféminées, on se retrouve vite dans la catégorie "femboy, twink, et bottom". Une fois que tu sais ça, c'est pas bien compliqué : faut juste poster comme un bourrin, pour essayer d'émerger de cet océan de comptes. Je sais que ça n'a pas l'air simple, et d'ailleurs, ça ne l'est pas du tout. Mais au bout du tunnel, t'as la compensation : ne plus avoir à toucher ou à se laisser toucher par des corps que tu ne désires pas. Y a pas à dire, c'est quand même un putain de progrès. »

Paul ne partageait pas tout à fait sa vision des choses : il aimait au contraire le contact direct avec sa « clientèle », et même s'il ne se sentait toujours pas gay ni même queer, il supportait un peu mieux la partie proprement sexuelle des rapports.

« Y a toujours un moment d'échange, c'est souvent très court, mais quoi qu'on dise il se passe quelque chose d'autre, en dehors du cul, une espèce d'affection primaire, je ne sais pas, d'amour subreptice entre le passage à la douche et la remise de l'argent, après la prestation. On sait que c'est un pis-aller pour l'un et pour l'autre... Une manière d'échapper à la merde de l'organisation sociale, qui crée des célibataires et des pauvres par pelletées... Tout le monde en a conscience. C'est l'arène de la médiocrité réelle. Au fond, c'est tellement bas, un homme frustré... Mais quand je les vois, que je les laisse me toucher, qu'ils me prennent, j'ai la sensation de recevoir en moi toute la misère humaine en condensé. Toutes ces vies de merde, tous ces rêves brisés, toute cette tristesse enfouie. Ces mecs ne peuvent pas passer leur temps à se réfugier derrière un écran, c'est normal, ils ont besoin de contact charnel, de se défouler. J'ai l'impression qu'ils se sentent tellement privés de tout, dans ce nouveau monde, qu'ils auraient besoin de voir des putes tous les soirs, comme lors d'une permission de sortie. Quand ils arrivent, qu'ils sont là, avides et tellement faibles, alors qu'ils ont parfois pas mal de pognon, qu'ils ont même dans certains cas des dizaines de personnes sous leurs ordres, j'me dis qu'on les a dépossédés de tout. »

Sur le coup de 1 heure du matin, alors que Clément était parti depuis une bonne demi-heure, Paul se connecta sur Romeo pour lire ses nouveaux messages. Il y avait des réguliers, qui demandaient confirmation pour leur prochain rendez-vous, des nouvelles propositions, qu'il filtrait désormais avec une grande minutie pour éliminer les tarés et les radins… quand un certain Bruno attira son attention. C'était un homme d'une quarantaine d'années, plutôt élégant, qui lui avait envoyé plus d'une dizaine de messages.

« Alors, tu ne me remets toujours pas ? » disait le dernier mot. Après une rapide analyse des photos de profil du bonhomme, Paul se rendit compte qu'il s'agissait du multimillionnaire de son immeuble. Il n'y avait absolument aucun doute.

« On s'est croisés tout à l'heure dans les parties communes… Je pense que tu t'en souviens. Je ne savais pas que tu faisais ça, mais si ça te branche, je suis partant ! Je cherche un passif, fin et imberbe. Discrétion indispensable ! J'ai une femme et quatre enfants… »

Paul hésita un moment à bloquer le type, pour éviter d'avoir à affronter l'embarras qui naîtrait nécessairement dans la conversation. Mais l'occasion était trop belle pour ne pas l'envisager : soutirer du pognon à un connard comme lui, qui lui rendait la vie impossible à cause du bruit insupportable du chantier, quoi de plus jouissif ?

« Salut.

– Tu vois qui je suis ?

– Oui.

– Ok. Et tu recherches quoi ?

– C'est marqué sur mon profil, y a qu'à lire.

– Oui… mais tu as des goûts en particulier ?

– Je fais ça pour l'argent, un client est un client.

– Oui, je comprends. Du coup, si j'te file 50 balles, tu peux venir me sucer maintenant ?

– Pardon ?

– Quoi ? T'es pas dispo, peut-être !

– C'est pas ça, mais t'es pas du tout dans mes tarifs.

– Ah bon ? C'est quoi, tes tarifs ?

– Jamais en dessous de 300 pour du soft. Et à partir de 600 pour le reste. »

Paul en avait profité pour doubler ses prix.

« Ah ouais ! Quand même…

– Si t'as pas les moyens, c'est pas grave, j'ai d'autres clients, tu sais, et un planning chargé.

– Non, non ! Je veux bien, c'est juste que ça me semble quand même élevé… J'aimerais bien payer le juste prix. Tu fais quoi de spécial, pour ce tarif-là ?

– C'est pas élevé, c'est mes tarifs, c'est tout. C'est à prendre ou à laisser.

– Je comprends. Écoute, faut que je réfléchisse, ça fait quand même beaucoup d'argent à sortir pour un coup…

– Comparé à ce que coûte l'immeuble d'en face, c'est pas grand-chose…

– T'as le sens de l'humour, toi. C'est pas pareil, c'est un investissement. Un escort, c'est juste une dépense. »

Paul n'avait aucune intention de rencontrer ledit bonhomme, il avait surtout envie de jouer avec lui. Prétextant qu'il devait le tester un peu avant d'accepter la passe, il demanda au type de lui envoyer plusieurs photos : « Je veux te voir à poil, pour savoir qui je vais devoir sucer » ; « Je veux voir ton cul, pour vérifier que je suis à l'aise avec ça » ; « Je veux te voir en string » ; « Je veux te voir en train de pisser » ; « Je veux te voir à quatre pattes ». À chaque demande, le mec opposait d'abord un refus catégorique, puis, comprenant que c'étaient les conditions requises pour que Paul accepte de se prostituer, il se ravisait et envoyait docilement le cliché sur l'application. « C'est bien », commentait Paul, à chaque fois.

« Tu me promets que tu ne feras rien de ces images, hein ? s'inquiéta le type, qui venait de transmettre à Paul, à sa demande, une vidéo de lui en train de lécher le sol de sa salle de bains.

– Mais quel intérêt j'aurais à utiliser tout ça ? Les clients, c'est mon gagne-pain, c'est mon business, je ne vais pas aller les arnaquer ou je ne sais pas quoi. Pas d'inquiétude, tout restera entre nous. »

Vers 3 heures du matin, au moment où le type pensait

avoir gagné le droit de se faire sucer pour 300 euros, Paul expliqua qu'il était fatigué et que ça faisait « un peu trop tard pour se voir ». D'abord furieux, le bonhomme se calma vite. Il avait sans doute réalisé qu'il n'était pas prudent de s'embrouiller avec une personne qui détenait désormais des dizaines d'images et de vidéos de lui dans des positions dénudées des plus embarrassantes. Alors il changea brusquement de ton : « Désolé, j'ai l'impression que t'essayais de m'arnaquer… On se voit quand tu pourras, je serai patient ! De toute façon, on est dans le même immeuble, on va forcément être amenés à se croiser. »

# 7

La petite vie de Paul se poursuivit ainsi pendant plusieurs mois. L'argent qu'il gagnait lui avait redonné confiance en lui, partant, les crises de panique qui le saisissaient encore de temps en temps avaient tendance à s'estomper. Tout au plus ressentait-il parfois des flashs de peur, lorsqu'il se remémorait son ancienne vie : son manque de ressources qui n'avait fait que s'aggraver, son état de stress permanent, ses nuits jamais tranquilles, ses envies de suicide... Il allait certes bien mieux, mais on ne pouvait totalement effacer de son esprit les stigmates les plus sombres, ceux qui ne disparaissaient qu'au moment de l'épreuve ultime : la mort, alors seul véritable soulagement et unique délivrance.

Suivant sa nouvelle philosophie de l'existence qu'il aimait appeler « horizontale », c'est-à-dire dénuée de tout interdit moral, il considérait son activité d'escort comme un business ordinaire, aussi convenu que celui d'un pressing ou d'un vendeur de tapis. « Je vends la dimension utile de ma personne, celle qui possède aux yeux du marché une certaine rareté », avait-il inscrit en biographie, sur les applications qu'il utilisait. Et même lorsqu'il rencontrait des gens, y compris en dehors du milieu gay, il ne cachait jamais ce qu'il faisait pour gagner sa vie. « Je suis dans le commerce, je me sers de la seule chose que je possède, je suis escort », disait-il alors, ce à quoi il ajoutait souvent, lorsqu'il pressentait un certain étonnement dans le regard de l'autre : « Je prends 200 euros de l'heure, et là, c'est seulement pour du soft. Je suis payé au tarif d'un banquier d'affaires, à l'aise. Sauf que le produit que je mets à disposition, ce n'est pas une ligne de crédit financée par la planche à billets. Le produit, c'est moi. »

Cette façon de se mettre ainsi en avant déplaisait à certains, et Paul en avait pleinement conscience. Il persistait cependant à se comporter de la sorte, comme s'il s'agissait d'enfoncer le clou et de faire passer un message plus global, au sujet de la société, et tout particulièrement du fonctionnement de son économie ; il ne se voyait pas comme un lanceur d'alerte, il n'y avait d'ailleurs aucune alerte à lancer, mais il ne cachait pas son côté militant. « On n'est pas choqué qu'un consultant fraîchement sorti d'HEC gagne 60 000 euros par an, alors qu'il n'a pas d'expérience et qu'il ne sait donc pas grand-chose, pour ne pas dire "rien", mais on devrait avoir honte de gagner le même salaire pour des pipes sur mesure et des jeux sexuels sophistiqués, le tout emballé dans un corps super *fit* et entretenu ? » s'était-il énervé un soir, au

Dépanneur, à l'occasion d'une discussion avec une nana qui se trouvait être l'amie d'enfance de Clément. La fille se vantait de son salaire mirobolant et des « PDF parfois très approximatifs », selon ses propres dires, qu'elle livrait aux clients du cabinet pour lequel elle bossait, dans le VIIe arrondissement. Paul avait eu envie de la frapper, ce soir-là. Mais il préféra coucher avec elle.

En parallèle de l'escorting, et après s'être renseigné pendant de longues semaines sur Internet, Paul avait fini par créer son compte OnlyFans, qui, en l'espace de deux mois, lui avait permis de doubler son salaire mensuel – en réalité pas tout à fait, car la plateforme prenait quand même 20 % de commission. Pour remercier Clément de l'avoir initié à la chose, il l'avait invité en vacances à Sitges, une charmante station balnéaire située près de Barcelone, et avait réservé une chambre dans un hôtel de luxe. Pendant le séjour, les deux jeunes garçons s'étaient mis ensemble.

Rien n'avait paru poussif, ni artificiel ; ils s'étaient retrouvés au Maricel, un restaurant français très chic situé en bord de mer, puis ils étaient partis s'installer sur la plage, à la tombée de la nuit, avant de forniquer activement sur le sable. Leurs intenses ébats avaient réveillé un père de famille, qui logeait dans un appartement situé tout près de la plage. Le gros bonhomme poilu avait paru choqué, à la fenêtre : « Entre mecs, en plus, vous n'avez pas honte ! » C'était un Français.

Paul avait commencé par retirer sa chemise blanche en satin, puis avait entouré Clément de ses bras avant de l'embrasser dans le cou. Leurs torses s'étaient ensuite collés l'un à l'autre, dans un élan irrépressible. Clément s'était entièrement déshabillé, devant les yeux admiratifs de Paul, qui s'était à son tour dénudé, retirant son caleçon Calvin Klein. Presque caricaturalement, ils entendaient au loin le bruit des vagues qui berçait leurs mouvements, lesquels gagnaient en intensité au fur et à mesure que montait leur excitation. « Je n'avais jamais ressenti ça avec une femme », s'était ému Paul au moment où il pénétra Clément. Il pleurait – cela faisait tellement longtemps que ça ne lui était pas arrivé qu'il en avait comme oublié le mécanisme de fonctionnement.

Délicatement, Paul continuait ses va-et-vient, pendant que Clément gémissait. Mais ses larmes ne cessaient de couler le long de ses joues – ses joues de jeune homme, de jeune homme fracassé par la vie mais qui était sur le point de déjouer le sort. Alors qu'il s'enfonçait dans ce corps qu'il désirait tant, il se remémorait toutes ses années de honte et d'humiliation, où son estime de soi avait été réduite à néant. Il avait l'impression de recouvrer progressivement ses droits et sa dignité, en se réappropriant son propre corps : il pouvait de nouveau danser, jouir, baiser, se rouler dans le sable pendant qu'il étreignait un garçon qui l'attirait plus que tout. Il ne faisait plus la queue aux Restos du Cœur, il n'avait plus besoin de s'affamer pour réduire ses dépenses, et, en matière de sexe, il ne se contentait plus de donner son cul au plus offrant. Désormais il pouvait se redresser, savourer sa jeunesse, jouir de la vie.

De retour de vacances, les deux garçons avaient un moment hésité à s'installer ensemble, de façon à pouvoir passer plus de temps tous les deux et, surtout, à limiter les dépenses de chacun. Mais l'argent n'était plus véritablement un problème pour eux, surtout pour Paul, ils savaient par-dessus tout qu'une relation avait paradoxalement plus de chances de marcher lorsqu'une certaine distance était maintenue, au sein du couple, entre les intéressés. « Comme ça, ce sera un événement à chaque fois qu'on se reverra. Pas d'ennui, pas de routine, pas d'engueulade à la con au sujet du papier-toilette que quelqu'un a oublié d'aller chercher ou du plat qu'on a fait brûler… La vie, rien que la vie, pas ce qui la parasite », avait expliqué Paul à Clément, sur un ton qui semblait définitif.

Il était obsédé par l'idée de devoir réenchanter son quotidien, et souhaitait par conséquent éliminer tout ce qui pouvait lui occasionner des tracas inutiles. En se comportant ainsi, il pensait sans doute pouvoir éloigner de lui la misère extrême – et ses inévitables horreurs – dont il était sur le point de s'extraire.

Tous les soirs, Paul postait un nouveau contenu sur OnlyFans ; il s'agissait le plus souvent d'une photo, parfois, d'une vidéo, à d'autres moments encore d'un simple message adressé à ses membres. Pour 10 euros par mois, n'importe qui pouvait s'abonner à ses contenus privés qui n'étaient pas disponibles ailleurs – ni sur Twitter, ni sur Instagram, ni sur TikTok. Mais les réseaux sociaux traditionnels s'avéraient toutefois essentiels pour promouvoir l'abonnement en question, et justifier de devoir payer pour avoir accès à ces publications explicites. Dans un monde envahi par le porno, où l'on pouvait visionner gratuitement des centaines de millions de vidéos sur le Net, réussir à convaincre des inconnus de s'abonner à un OnlyFans constituait, en pratique, un prodigieux défi.

Paul s'était inspiré d'autres travailleurs du sexe qui avaient eux-mêmes lancé des comptes : la règle, c'était de se montrer régulier dans les publications, et surtout d'instaurer un style distinctif. Certains mettaient en avant leur côté « femboy », autrement dit leur aspect androgyne, d'autres au contraire leur virilité – ceux-là se qualifiaient de « daddy » ou de « jock » –, certains encore jouaient de leur extrême jeunesse avec les hashtags « teen » et « teenboy » qui rencontraient un grand succès sur la toile. Pour sa part, Paul avait lancé une nouvelle mode, celle de « l'intello porn », qui trouvait sa source dans l'univers « dark academia », un mélange bizarre de style gothique et de fascination pour l'ambiance des vieilles universités anglaises et des livres classiques. Appliqué au porno, il s'agissait de dévoyer quelque peu la dimension sage et sérieuse de l'approche en faisant se juxtaposer des bouquins de Proust et des bites en érection, ou encore des culs dénudés avec des sculptures antiques. Les photos avaient souvent de quoi étonner les internautes, et, de fil en aiguille, les personnes intéressées revenaient régulièrement sur les réseaux de Paul – surtout Twitter, qui ne censurait pas les contenus pornos –, et à un moment donné, elles finissaient par s'abonner à son OF. C'est ainsi qu'il avait réussi à bâtir un mini-empire sur le Net sans avoir eu à quitter son petit appartement. Le succès, à l'ère d'Internet et du métavers, c'était d'abord et toujours un succès digital.

Pour cette raison même, Paul n'avait pas voulu changer de logement, y compris lorsqu'il avait franchi la barre des 4 000 euros mensuels, sur OF (brut, et avant commission). Il savait que l'activité d'escort – tout comme d'ailleurs celle d'acteur porno amateur – n'était que rarement pérenne ; dès lors, son objectif était surtout d'épargner, de façon à pouvoir un jour acheter son propre appart, si possible cash. Malgré la cherté inédite des prix de l'immobilier à Paris, son objectif ne paraissait pas si illusoire, vu les faibles frais auxquels il devait faire face pour continuer son travail. Tout au plus avait-il dû investir dans un trépied à 20 euros, acheté sur Amazon, et dans une lampe, pour éclairer convenablement ses films. Pour le reste, son iPhone suffisait largement pour la captation vidéo, et quant au montage, qui s'avérait souvent inexistant, le logiciel interne du téléphone se montrait parfaitement adéquat.

La routine se déroulait ainsi, le plus souvent : Paul postait vers 18 heures une ou deux photos aguicheuses sur Twitter, pour rappeler au monde sa présence, et deux à trois heures plus tard, il déposait sur son OF un contenu privé – image de nu, vidéo de masturbation, cliché de ses pieds destiné à ceux qui pratiquaient le fétichisme… Les interventions de personnes extérieures se faisaient plus rares, et en dehors de Clément, qui se joignait parfois à certaines de ses vidéos, Paul s'affichait le plus souvent seul, ce qui présentait l'avantage d'une plus grande flexibilité dans l'organisation. Il utilisait toutefois différents sextoys pour pimenter ses performances et entretenir la surprise vis-à-vis de son exigeante audience.

Les tenues étaient somme toute ce qui plaisait le plus à ses abonnés : Paul faisait en sorte de varier son habillement en portant des strings, des justaucorps et des jockstraps de couleurs variées qu'il achetait aux Dessous d'Uracio, une boutique spécialisée située dans le Marais. Il était même sur le point de créer un partenariat avec la marque pour pouvoir recevoir des pièces gratuites en échange d'une promotion dans ses vidéos. De façon générale, Paul essayait de ne jamais avoir à débourser quoi que ce soit, en tout cas, pas avant d'avoir gagné la somme d'argent correspondante. En tant que travailleur indépendant, il n'avait aucune sécurité de l'emploi, et même s'il reversait un quart de son chiffre d'affaires à l'Urssaf pour les prélèvements sociaux, il savait qu'en cas de baisse d'activité, fût-elle massive, il ne pourrait pas toucher le chômage. Alors il comptait chaque euro qu'il dépensait, et s'astreignait à mettre de côté au moins les trois quarts de ce qu'il gagnait. « T'es radin ! » lui disait parfois Clément, pour le taquiner ; ce à quoi Paul répondait : « Non, j'ai simplement été pauvre. »

Paul avait déjà commencé à se renseigner sur des appartements, en allant voir les agences de son quartier. « Je ne sais pas encore quel budget j'aurai, précisait-il d'emblée, au grand étonnement de ses interlocuteurs. Mais si tout va bien, je devrais pouvoir mettre 400 000 euros, avec un crédit, bien sûr. » Son objectif était d'acheter un deux-pièces, d'au moins 30 mètres carrés, avec une bonne luminosité et surtout, surtout, « pas de bruit ». Les prix avaient beaucoup augmenté depuis quelques années, mais ça, Paul le savait déjà. Ce qui avait en revanche tendance à l'énerver, c'était le durcissement des conditions exigées par les banques pour l'obtention d'un prêt : auparavant, 10 % d'apport suffisait, et 20 % était considéré comme « bien ». Désormais, certains établissements pouvaient exiger 30 %, parfois même 40 % avant d'octroyer le précieux crédit. Sauf que même en travaillant avec acharnement, Paul ne serait pas en mesure de fournir un tel effort avant au moins deux ans, ce qui lui semblait trop éloigné. Il lui fallait trouver un moyen d'augmenter encore ses revenus pour atteindre 150 000 euros d'épargne.

Mais Paul ne pouvait pas aller plus vite que la musique : il gagnait déjà près de 3 000 euros mensuels grâce aux passes, en pratiquant des tarifs parmi les plus élevés du marché. Et grâce à ses trois cents abonnés, il gagnait le même montant sur OF, après commission. La solution aurait été soit d'augmenter le rythme de ses publications, et de susciter plus d'abonnements, soit d'augmenter ses prix. Lui qui se filmait déjà presque chaque jour, week-end inclus, la première option ne lui semblait pas réaliste.

C'est ainsi qu'un soir, alors qu'il venait d'inviter Clément à dîner au Vagenende, une brasserie chic du boulevard Saint-Germain qu'il avait eu le bonheur de découvrir quelques semaines auparavant, il avait annoncé sur son compte Twitter que son abonnement OF allait passer de 10 à 15 euros mensuels. Au moment où il publia son annonce, sa respiration se bloqua. Il avait peur de tout perdre d'un coup : ses abonnés actuels, qui seraient en mesure de refuser l'augmentation, et ses futurs abonnés, qui pourraient trouver le prix prohibitif et en conséquence l'*unfollow* sur les réseaux sociaux.

Rien de tel ne se produisit. Et si certains se montrèrent légèrement énervés d'avoir à débourser 15 euros par mois pour pouvoir continuer à suivre les contenus intellos porn de Paul, la plupart affichèrent leur soutien : « On te suit, on adore ce que tu fais ! » ; « T'es au-dessus de tous les autres, ça vaut largement ça ! » ; « Faut récompenser les créateurs de contenus qui innovent. Continue, on est là ! »

Le lendemain matin, le nombre de ses abonnés sur OF avait crû de près de 30 %.

# 8

C'était le début de l'hiver et, en raison des conditions météorologiques qui s'étaient fortement dégradées, le chantier de l'immeuble en face de chez Paul s'était arrêté. Les ouvriers avaient, semble-t-il, pris du retard sur le calendrier qui leur avait été fixé ; par conséquent, les travaux les plus bruyants avaient été suspendus pendant plusieurs mois, jusqu'à l'arrivée des beaux jours. Paul était enfin tranquille et se disait : « D'ici là, j'aurai quitté cet appartement infâme. »

La progression de ses revenus avait été telle, en grande partie grâce à son compte OF, qu'il se permettait désormais des écarts dans ses dépenses du quotidien. Lui qui ne consommait normalement que des produits bon marché, souvent du premier prix, il n'hésitait plus, depuis quelque temps, à se laisser tenter par le rayon bio de son Monoprix, et même à se rendre chez des commerçants indépendants, en particulier un fromager réputé ainsi qu'un poissonnier, chez qui il s'offrait de temps à autre des huîtres. Généralement, il achetait pour deux, de façon à partager le repas avec Clément, qu'il voyait au moins trois fois par semaine. « On est presque devenus des bobos ! » s'était un jour exclamé Paul, lorsqu'il était arrivé chez son ami une bouteille de champagne à la main, vêtu d'un manteau Saint Laurent « hors de prix », selon ses dires, qu'il venait d'acheter aux Galeries Lafayette. En solde. Paul avait aussi pris un peu de poids, suffisamment pour retrouver un corps sain et solide, mais pas trop, quand même, pour rester conforme à l'idéal-type de ses clients, ce minet fragile aux airs un peu débiles qui faisait bander les bonshommes dépressifs de l'Île-de-France.

Plus que jamais, sa valeur monétaire était directement liée à sa valeur physique : c'est parce qu'il était beau et en forme qu'il pouvait continuer à mener ce train de vie, il le savait fort bien. Alors il entretenait son corps comme d'autres chérissaient leur voiture : il se rendait en salle de fitness trois fois par semaine, évitait les sucreries et l'alcool, n'exposait pas trop sa peau au soleil, et il se payait même les services d'une esthéticienne pour les soins du visage et les épilations. « Mon corps, c'est comme mon diplôme, disait-il parfois à Clément. C'est ce qui fixe mon salaire. À ceci près que contrairement à un ancien de Sciences Po ou d'HEC, moi, je sais qu'un jour, on me le retirera de force. Je suis comme un sportif de haut niveau : je dispose de quelques années seulement pour accumuler la richesse dont j'aurai besoin durant tout le reste de ma vie. Je joue contre le temps. Je sais que l'arrêt sera brutal. »

Ses ambitions étaient au plus haut. Car compte tenu de l'inflation des prix de l'immobilier qui continuait à ravager l'âme de la capitale française, il fallait désormais compter plutôt 450 000 euros pour un deux-pièces, frais de notaire inclus. Et si sa double activité d'escort et d'acteur porno amateur générait des revenus croissants, les impôts, eux aussi, avaient naturellement grimpé. « J'avais sous-estimé ce paramètre, s'était-il plaint auprès de Clément. Pourtant j'avais bien sûr comptabilisé les prélèvements sociaux, mais j'ai tellement été pauvre toute ma vie que je n'avais jamais été imposable sur les revenus, jusqu'à présent. Je ne connaissais pas ce monde. Va falloir refaire les calculs… »

Dans ce contexte, il réfléchissait sans cesse à de nouveaux programmes, pour son compte OF, et en particulier à des contenus inédits, qui n'étaient pas très présents sur la plateforme : plans à trois, partouzes… « Il faut conquérir d'autres audiences, les gens qu'ont des délires plus bourrins encore, parce que généralement, plus t'es hard dans ta tête, plus t'es prêt à payer pour voir ces choses. On dit toujours que c'est la rareté qui fait le prix, non ? » Le seul problème, c'est qu'il était plus compliqué, et de loin, d'organiser des performances de sexualité à plusieurs que de simples shows individuels.

Clément se prêtait volontiers à l'exercice, et avait lui-même ouvert son propre compte OF qui lui permettait de faire la promotion de celui de Paul, et vice versa. Ils avaient ainsi instauré un rendez-vous régulier, le jeudi soir, où, alternativement, ils postaient sur leur espace une vidéo de sexe entre eux deux. De cette manière, chacun gagnait de nouveaux abonnés, ce qui profitait à leur notoriété respective. « Si on rajoute une troisième personne, voire une quatrième, je ne sais pas comment on va pouvoir se répartir les bénéfices équitablement, s'était inquiété Clément. Surtout que si on se met à rémunérer directement les gens, on devient littéralement une boîte de prod de porno, et là, faut toute une structure : fiches de paie, déclarations diverses... On rentre dans un truc trop lourd. » Paul écoutait les recommandations de Clément avec attention. Il savait qu'il étudiait le droit et que, par conséquent, son aversion au risque était toujours fondée et justifiée.

Ils avaient néanmoins pensé à une nouvelle idée pour étendre encore le rythme de progression de leurs revenus : la vente d'objets sexuels sur Internet. Grâce à leurs nombreuses rencontres auprès de la gent masculine homosexuelle, ils avaient progressivement constitué une science des pratiques les plus courantes : les marques de sextoys qui étaient appréciées, les gammes de poppers, de lubrifiants... Ces produits étaient déjà tous disponibles sur des sites existants, comme celui de Dorcel, mais il y avait toujours des gens qui préféraient acheter ce genre de marchandises auprès de vendeurs qu'ils connaissaient. « Il y a quelque chose de très personnel dans ce type d'achat, on ne raisonne pas, on est dans l'affect, avait expliqué Paul à Clément. Pourquoi ne pas faire la promotion d'une boutique en ligne directement sur OF ? »

Le sexe au sein du petit couple restait, en dehors des performances vidéo auxquelles ils se livraient sur Internet, un véritable moment de grâce et de douceur. Sans brutalité aucune, Clément commençait généralement par sucer Paul, pendant une bonne vingtaine de minutes, puis ils inversaient les rôles, et pouvaient répéter ainsi l'exercice pendant des heures, alternant les câlins, les baisers et les franches fellations. La pénétration n'arrivait que dans un second temps, et n'était pas systématique. Paul faisait le plus souvent l'actif, même s'il lui arrivait d'accepter de se faire prendre, en particulier le week-end, lorsqu'il était plus détendu.

Il avait pourtant pratiqué une sexualité strictement hétérosexuelle jusqu'à sa rencontre avec Clément, et il pensait qu'il en serait ainsi le reste de sa vie. Paul avait découvert progressivement qu'il aimait autant le corps des hommes que celui des femmes – et davantage encore le premier. Il faut dire que Clément ressemblait – tout comme lui – à un éphèbe, et n'avait pas de genre particulièrement marqué, bien qu'il fût doté d'un pénis tout à fait normal, assez large, même. « Avec toi, j'ai toujours l'impression de faire l'amour à un être, disait Paul. Pas à un mec, ni à une fille. À un être totalement indéfini. Je te vois homme, parfois. Je te vois femme, à d'autres moments. C'est si excitant de ne pas savoir. »

Les deux garçons jouaient d'ailleurs souvent avec cet aspect de leur physique, même si Paul avait pour sa part un air moins androgyne – ses traits étaient plus carrés que ceux de Clément. Leurs abonnés respectifs adoraient les « twinks » et les « femboys », c'était une niche très populaire chez les consommateurs de pornos, qui ne se limitaient d'ailleurs pas à la fréquentation des sites comme Pornhub ou Xvideos ; il y avait aussi des groupes Facebook dédiés aux minets, des comptes Instagram, et des communautés hyper-ciblées sur Reddit – une sorte de gigantesque forum de discussion ouvert aux quatre vents qui était surtout connu pour ses sujets sulfureux, lesquels étaient traités librement et publiquement par des utilisateurs qui restaient néanmoins anonymes.

Paul avait analysé les goûts et les pratiques de ce milieu de façon chirurgicale afin d'utiliser les bons mots dans ses publications, les bons hashtags et les bonnes références visuelles. Il existait tout un univers autour de ce sous-monde gay, et les ratages n'étaient pas toujours pardonnés : si un performeur se mettait à changer de look pour paraître plus viril ou plus masculin à l'écran, par exemple, les abonnés affichaient immédiatement leur mécontentement : « Un twink ne porte pas une ceinture de daron comme ça » ; « Si t'es un vrai minet, t'as une voix plus aiguë, ça perd de son charme sinon » ; « C'est quoi ces poils, sur le torse ?! » Il ne fallait pas jouer avec les codes établis, qui n'étaient autres que des règles de marché.

L'activité d'escorting présentait quant à elle des inconvénients majeurs, au premier rang desquels figurait le risque permanent de contracter des infections sexuellement transmissibles. Car si certains clients acceptaient de mettre une capote pendant les actes, la plupart considéraient qu'il y avait toujours plus de valeur dans une passe effectuée en *barebacking* ; par conséquent, ils étaient prêts à payer davantage pour que le rapport se déroule ainsi. L'autre argument invoqué par les clients était bien évidemment la PrEP. « Si tu es sous PrEP, y a pas de risque, alors fais pas chier », répondait-on parfois à Clément ou à Paul lorsqu'ils essayaient quand même de négocier l'usage d'une capote, lors du rendez-vous. Sauf qu'évidemment, le traitement ne permettait en aucun cas d'éliminer le risque d'attraper d'autres IST : hépatite A, B, papillomavirus… Clément avait déjà eu plusieurs d'entre elles, une petite dizaine depuis qu'il avait commencé son activité. Et même s'il était suivi de près dans un CeGIDD, il lui fallait régulièrement se faire piquer pour soigner des infections, dont certaines s'attrapaient durant une simple fellation. L'autre inconvénient, c'était que les passifs (ou « bottoms ») étaient bien davantage exposés que les actifs face à ces IST. Or, l'écrasante majorité des clients de Paul et de Clément cherchaient, bien sûr, des passifs, si possible soumis, avec idéalement un penchant pour l'auto-humiliation. Autant de profils qui excluaient presque d'emblée l'usage d'un préservatif.

La difficulté, en particulier pour Paul, c'était de pouvoir jouir une partie de la journée de son nouveau statut social, qui découlait de sa lucrative activité de travailleur du sexe, tout en se soumettant le reste du temps aux desiderata de ses clients, dont certains se montraient violents et peu respectueux. Il avait beau aimer le sexe dans une certaine mesure, et s'être habitué à ce mode de fonctionnement, il ressentait parfois une gêne à devoir accepter des conditions fixées unilatéralement par le client. Autant la négociation financière était toujours possible, autant, une fois le client sur place, il devenait compliqué de refuser catégoriquement certaines demandes, car l'enjeu était toujours la fidélisation. Cette dualité contrainte, qui poussait à des comportements schizophréniques, constituait en elle-même le germe d'une nouvelle humiliation : Paul avait l'impression de toujours devoir « payer » sa quête de dignité ; de ne jamais pouvoir la mériter entièrement.

« C'est toujours pareil, se plaignait Paul, tu dis que tu veux impérativement mettre une capote, mais tu sens bien que le mec est déçu, et que si tu ne changes pas d'avis, bah il ira trouver un autre minet qui, lui, acceptera sans broncher ! Surtout chez les nouveaux... ceux qui n'ont pas encore beaucoup de clients, et encore moins un OnlyFans, ils feraient tout pour nous passer devant… En baissant leurs tarifs, en acceptant toutes les requêtes les plus dingues, même contre leur gré. Y a même ceux qui font des promos insensées, maintenant. L'autre fois, j'ai vu ça, un type qui disait qu'il avait eu une facture de gaz trop lourde à payer, et que pour renflouer ses caisses, il faisait 50 % sur les "sodos" et 30 % sur les pipes. Non mais on croit rêver ! »

Parce que le problème de fond auquel Clément et Paul devaient faire face continuellement était l'arrivée permanente de nouveaux concurrents sur les plateformes d'escorting. Depuis que l'inflation avait bondi dans la plupart des secteurs de l'économie, et accessoirement dans la plupart des pays du monde, une grande partie de la jeunesse au sens large – étudiants, jeunes actifs, et même lycéens – rencontrait des problèmes d'argent. Et si les emplois de livreurs ne manquaient pas, ils étaient très peu rémunérés, et comportaient aussi leur part de risque. La presse relayait régulièrement des accidents de scooter ou de vélo, certains mortels, du fait de coursiers imprudents qui essayaient de maximiser leur rentabilité en augmentant la cadence. En plein hiver, la pluie et parfois le verglas rendaient les sols glissants, et les chutes se faisaient dès lors plus fréquentes et plus graves.

D'un autre côté, le temps toujours exponentiel que passaient les gens devant leurs écrans avait incité au développement de plateformes comme OF ou Mym, qui étaient généralement le point de départ d'une activité d'escorting plus classique. « Ça commence toujours comme ça, expliquait Clément, lors d'un live vidéo qu'il faisait avec Paul. On se prend une grosse facture à régler ou une augmentation de certains postes de dépense, genre l'électricité, puis on fait quelques recherches sur Google, on voit des témoignages de bougs qui s'en sont sortis grâce à des OF, et hop ! de fil en aiguille, on se met à se photographier à poil, à se masturber en vidéo, à poster les contenus, et quand on commence à voir qu'il y a de l'argent à se faire, et que c'est quand même beaucoup moins chiant qu'être livreur Uber Eats, bah ! on se met à réfléchir à en faire un vrai job… Après, certains diront que ça n'a rien à voir de faire du OF et d'être vraiment escort, mais au fond, c'est une différence de degré, pas de nature. Dans tous les cas, t'es un TDS. »

Le modèle économique des travailleurs du sexe avait par ailleurs des atouts intrinsèques : la demande était élevée et constante. De la même manière qu'il fallait bien se loger, se nourrir et se vêtir – les secteurs de l'immobilier, de l'alimentaire et de la mode n'avaient jamais connu de crise durable –, l'époque était marquée par une certaine obsession du sexe, en particulier chez les hommes. Quels que soient le pays ou la région, les escorts trouvaient toujours des clients sans aucune difficulté, et ce, tout au long de l'année. Au printemps, le renouveau du beau temps stimulait l'excitation sexuelle ; durant l'été, celle-ci atteignait son apogée ; puis elle subissait un léger fléchissement à l'automne avant de repartir durant les mois d'hiver, où les longues heures de nuit donnaient l'occasion à ces messieurs, et plus rarement à ces dames, de construire tous les fantasmes possibles. C'était d'ailleurs souvent à cette période de l'année que la plupart des partouzes avaient lieu : les hommes cherchaient sans doute ainsi à combattre le froid, et à se réconforter dans les bras d'autres garçons.

Car en réalité, ce sur quoi prospérait la demande continue de sexe, c'était le manque d'affection, et à proprement parler le manque d'amour, qui avait tendance à rendre les gens fous.

# 9

Le principal client de Paul restait Huylam, l'Asiatique au comportement bienveillant qui lui avait proposé du boulot dans sa société. Il venait le voir une à deux fois par semaine, et laissait toujours des pourboires en partant, en sus de la somme qui avait été convenue pour la passe. Leur rapport d'escort-client avait d'ailleurs grandement évolué, dans la mesure où il n'y avait que rarement du sexe entre eux, lorsqu'ils se voyaient. Huylam s'était pris d'affection pour Paul, et lorsqu'il sentait que ce n'était pas un bon jour pour son hôte, il rangeait sa queue et se contentait de discuter avec lui, autour d'un café ou d'une tisane. En réalité, Huylam était comme tombé amoureux de Paul, et lorsqu'il le regardait se déshabiller ou sortir de la douche, la peau encore humide, avec de petites gouttes d'eau qui coulaient sur son corps juvénile, on sentait dans ses yeux qu'il y avait bien autre chose que de l'attrait physique, même si cela restait le moteur de son désir.

Huylam étant bien plus âgé que Paul – il devait avoir

quarante-cinq ans –, il avait endossé un rôle de protecteur et tentait de se renseigner sur le niveau de risque auquel était exposé son hôte quant aux IST. Contrairement à beaucoup d'autres clients, Huylam avait toujours accepté d'enfiler un préservatif avant l'acte, pas seulement par crainte d'attraper lui-même une maladie, mais par pur respect pour celui qui se prostituait pour lui pour ainsi dire au quotidien. Il n'aimait d'ailleurs pas le terme d'escort qui, selon lui, cachait la réalité de la condition des travailleurs sexuels. « Je sais que tu en as fait une activité rentable, et même lucrative, si j'ai bien compris, mais je maintiens que c'est totalement anormal de vivre dans une société où l'on doit vendre son corps – ou le "louer", comme tu préfères dire – pour pouvoir s'acheter un appart, surtout un putain de deux-pièces ! Certes, les prix à Paris sont dingues, mais n'est-ce pas cela le problème ? Il me semble qu'il y a encore vingt ou trente ans, c'est-à-dire rien du tout à l'échelle de l'humanité, des classes moyennes pouvaient sans problème se loger dans le centre de Paris. C'est terrible, ce qu'il se passe. C'est vraiment terrible. »

Paul avait pris l'habitude de ne pas réagir aux commentaires de Huylam qui, d'ailleurs, n'attendait pas de réponse de sa part. Tout au plus essayait-il de mettre en garde celui qu'il considérait un peu comme un fils, et de l'éclairer sur les dysfonctionnements profonds qui avaient permis, dans la société, de faire émerger ce type de pratiques. « Ce qu'on ne veut pas reconnaître, même si je sais que toi, tu en es conscient, c'est qu'il y a un immense problème de partage des richesses. Et de précarisation générale. Tu le sais mieux que personne, vu les galères que tu as traversées. Et je ne te fais pas le reproche de vouloir t'en sortir, tant s'en faut ! Tu joues la dernière carte qu'il te reste, ton capital sexuel. Tu sauves ta peau, en quelque sorte, parce que t'as aussi touché le fond, il y a quelques mois. On dit souvent que c'est dans les moments comme ça, d'extrême détresse, qu'on devient libre de faire tout ce qu'on veut. »

Paul buvait son café et écoutait Huylam parler. Ils partageaient tous les deux des convictions progressistes, mais leur attitude vis-à-vis du malaise social ambiant n'était pas la même, absolument pas la même. Fut un temps, Paul combattait politiquement, il était en tout cas engagé et votait à l'extrême gauche, mais depuis qu'il avait pris conscience de l'inefficacité du processus démocratique standard, il avait décidé de se révolter de l'intérieur, c'est-à-dire au sein de sa propre vie. Alors que Huylam, qui restait un social-démocrate assez modéré, croyait toujours à un changement social réel et activé par l'engagement direct du personnel politique.

La vision de Paul sur sa condition était aussi plus libertaire. Il pensait, comme l'écrivain Guillaume Dustan, dont il dévorait l'œuvre depuis plusieurs mois, qu'il fallait « ouvrir des marchés » dans les domaines qui précisément souffraient encore d'une conception bourgeoise et étriquée. Il considérait qu'il n'y avait rien de scandaleux à vouloir utiliser son capital érotique de la même manière que d'autres dominaient la société tout entière par leur capital économique et financier. En ce sens, Paul voyait son activité comme une forme de résistance primaire dans un contexte de lutte des classes, et considérait dès lors que ceux qui voulaient bannir la prostitution étaient des ennemis des pauvres – et partant, des alliés des dominants.

Sa position était également en rupture avec la société s'agissant des stupéfiants, y compris des drogues dures : il considérait qu'il fallait laisser les gens se défoncer librement, mais dans un cadre surveillé et autorisé. Car à ses yeux, certaines âmes avaient profondément besoin de la came pour pouvoir supporter le poids de l'existence, le poids parfois infernal de l'existence. « Comment feraient-ils pour survivre, sans les produits ? » expliquait-il alors.

« J'espère que tu as diminué ta consommation, s'était toutefois inquiété Huylam lorsqu'il avait vu Paul prendre une pilule d'ecstasy juste devant lui. T'en as sans doute besoin pour tenir, je ne te juge pas, tu le sais, mais pense à ta santé sur le long terme. Tu es si beau, si frais, si jeune. Si tu continues ce mode de vie, tu vas te détruire à petit feu. Et lorsque ton corps ne sera plus ce qu'il était, alors tu n'auras plus aucun moyen pour lutter. »

Huylam avait présenté plusieurs fois à Paul des offres d'emploi dans sa société, il s'était même porté volontaire pour le coacher jusqu'au stade de l'entretien, de façon à maximiser ses chances d'embauche. Mais le niveau de rémunération auquel Paul pouvait prétendre ne dépassait jamais les 2 000 euros brut mensuels, soit trois à quatre fois moins que ce qu'il gagnait en tant que travailleur du sexe. « Tu crois vraiment qu'après tout ce que j'ai traversé, je vais me contenter d'un salaire de merde, qui en soi est peut-être très bien par rapport à la moyenne, mais qui ne correspond plus du tout au coût réel de la vie en région parisienne ! Le jour où on proposera des rémunérations en adéquation avec le prix des loyers, de l'immobilier, de la bouffe, de la carte de transport, alors je réfléchirai à ta proposition, je t'assure… Mais là, je dirais que ce serait de la prostitution de me vendre pour aussi peu… compte tenu de ce que je gagne. »

Au-delà de la thune, Paul considérait son activité comme un symbole : celui d'une société qui maltraitait ses travailleurs, et d'une économie qui se concentrait toujours entre les mains d'une petite élite, laissant de côté les autres – les milliers, les centaines de milliers d'autres, rien qu'en France. Il ne voyait cependant aucun problème à ce qu'une personne s'enrichisse, sur un plan individuel. L'origine du mal, selon lui, c'était les institutions économiques elles-mêmes qui ne savaient mettre un terme ni à la spéculation ni aux activités nocives pour le bien-être collectif, et qui, surtout, se montraient souvent incapables de récompenser justement le travail. « Au moins, dans ce que je fais, personne ne me prend de commission, enfin, en dehors du mégamaquereau OnlyFans… Mais sinon, tout ce que je crée, et que je vends, bah c'est moi qui en tire parti ! Je suis producteur et travailleur en même temps. Capitaliste et salarié. C'est bien là toute la différence. Je ne profite de personne et personne ne profite de moi. Il n'y a aucune barrière entre mon corps et la rémunération que je tire de son exploitation. Je pourrais même arrêter de m'agiter, et en restant immobile je serais capable de gagner autant d'argent. Juste en m'exhibant, sans rien faire d'autre. Comme un automate. On rémunère notre inutilité, n'est-ce pas le meilleur pied de nez que l'on puisse faire à ce système dégénéré ? »

Les fêtes de Noël venaient de se terminer, et Paul avait fini l'année en beauté. En publiant une sextape inédite avec Clément et un autre mec, Arthur, le soir même du réveillon, il avait engrangé près de 30 000 euros – une somme qu'il devait toutefois partager avec ses deux collègues. Le monde des consommateurs de porno était plus que jamais régi par la loi de l'offre et de la demande, et la rareté de certains contenus était immédiatement récompensée financièrement. Cette forme de rémunération, qui s'apparentait à des « tips », c'est-à-dire des pourboires, s'avérait grandement valorisante pour les talents qui se mettaient en scène tout au long de l'année, les soirs et les week-ends, les dimanches et les jours fériés. « On est un peu comme des artistes, disait Clément, on ne nous paye pas seulement pour ce qu'on fait, mais pour ce qu'on est. Je suis sûr que parmi ceux qui ont donné de l'argent pour la sextape, certains ne la regarderont même pas... Ce qu'ils veulent, c'est simplement nous soutenir. C'est ça qui est beau. »

La vidéo du plan à trois avait d'ailleurs été produite avec soin : Paul avait investi dans quatre nouvelles caméras, qu'il avait installées tout autour du lit pour pouvoir filmer la scène dans son ensemble. Puis il avait réalisé un montage, avec une bande sonore achetée pour l'occasion sur un site spécialisé de « stock music ». Le résultat était à la hauteur : près d'une heure de vidéo, en qualité 4K, avec des éclairages tamisés et des scènes d'une grande élégance pour du cinéma amateur. Paul prenait d'abord les deux autres garçons un par un, puis Clément se masturbait en s'asseyant sur Arthur, avant que les trois performeurs s'adonnent à des fellations réciproques. Le film se terminait en apothéose, avec des pénétrations tous azimuts et trois éjaculations quasi simultanées. On avait affaire à un spectacle pornographique de haute volée, qui tranchait avec la pauvreté de la plupart des vidéos qu'on trouvait sur les sites les plus visités du Web. C'était cet effort de mise en scène que les abonnés OF avaient voulu saluer et récompenser à sa juste mesure.

Vu le succès de l'initiative, Paul et Clément s'étaient sérieusement posé la question de la pertinence qu'il y aurait à monter une boîte de prod à proprement parler. « Il y a sans doute un marché à prendre », s'étaient-ils dit, avant de comprendre que les démarches concrètes pour se lancer dans une telle activité seraient lourdes et coûteuses. « Quand j'aurai mon appart à Paris ! » avait lancé Paul, abandonnant provisoirement l'idée. Il ne voulait pas s'emmerder avec des démarches administratives compliquées qui lui auraient donné l'impression de régresser, d'une certaine façon. Il ne se voyait pas comme un entrepreneur mais plutôt comme un artiste, et n'avait pas l'ambition de créer le nouveau studio porno tendance, qui aurait entraîné son lot de tracasseries. C'était le plaisir qu'il recherchait avant tout, et la simplicité absolue en matière économique.

Clément continuait de son côté ses études de droit, mais depuis qu'il avait lui-même lancé sa chaîne et développé sa clientèle d'escorting, les cours ne l'intéressaient plus autant qu'avant. Il ne voyait plus très bien ce qu'il allait pouvoir faire d'une licence, ou même d'un master, et le métier d'avocat, qui l'avait longtemps fasciné, avait désormais plutôt tendance à l'effrayer. Il avait effectué un stage de plusieurs mois dans un cabinet réputé situé boulevard Saint-Germain, et la montagne de dossiers qu'il avait dû traiter lui avait semblé à la fois indigeste et sans grand intérêt. « J'ai l'impression qu'au-delà du prestige de la profession, c'est d'abord un métier très dur et laborieux. Je ne sais pas si je m'en sens capable. Surtout que ce qui peut donner du sens à tout ça c'est de défendre la veuve et l'orphelin, en quelque sorte… Mais de ce que j'ai compris, en dehors du droit des affaires, des fusions-acquisitions et des spécialités de ce genre, il n'y a pas de thune à se faire. Alors merci la galère !… Dix ans d'études pour me retrouver à devoir continuer l'escorting en parallèle parce que je n'aurai peut-être pas assez d'argent pour payer la location de mes propres bureaux… Autant me concentrer dès maintenant sur le digital. D'autant que c'est plus marrant à vivre, faut être honnête. En plus, si ça se trouve, la Terre deviendra inhabitable dans quinze ans à peine, alors le long terme, on verra plus tard… »

Le succès de Paul et Clément, qui était réel, commençait sérieusement à faire des envieux. Sur leurs comptes Twitter respectifs, les deux garçons recevaient régulièrement des insultes, et même des messages de menace. L'hostilité à leur égard s'était surtout développée depuis la parution de leur sextape à trois qui, vu sa qualité, avait stupéfié leurs concurrents. « On n'a pas vos moyens, nous. Quatre caméras simultanées ? On est chez Warner Bros ! Y a que les gros comme vous qui peuvent se permettre ce genre d'investissement, nous, les petits, on ne peut pas suivre. » Certains internautes se montraient toutefois moins subtils dans leurs attaques : « Avec Paul, le bon juif, qui se gave comme un cochon. On voit bien la mentalité toujours pareille, même dans le cul, faut que ça ramène ses bonnes vieilles pratiques ancestrales. On était si bien, sans vous, fallait qu'un rat débarque pour sauter dans la marmite ! Surtout qu'ils sont plusieurs, maintenant… »

Les attaques se faisaient surtout sur le site Reddit, au sein de groupes de discussion qui prenaient un malin plaisir à déverser leur rancœur et surtout leur jalousie sur les deux garçons. « Ils sont même pas beaux, en plus. Comment peut-on expliquer leur succès, si ce n'est par la fraude et le réseautage ? Il y a forcément des choses qu'ils manigancent dans notre dos, peut-être qu'ils graissent la patte des responsables de plateformes, ces arrivistes sont prêts à tout… »

Paul et Clément n'avaient pourtant jamais utilisé de moyen détourné pour faire grossir leur nombre d'abonnés – les plateformes étaient de toute façon des entités hors d'atteinte, quasi abstraites, dont on connaissait à peine l'identité des dirigeants. Ils se contentaient de publier des contenus réguliers, le plus souvent enregistrés avec un Smartphone ou une simple webcam d'ordinateur, et de discuter avec des anonymes, notamment sur Twitter, autour de sujets variés, souvent banals : la difficulté de faire son coming out dans certains milieux, la frustration sexuelle, le stress de l'insertion dans la vie professionnelle, la violence qui existait dans certaines relations gays… En réalité, ils étaient devenus des sortes d'influenceurs, et jouaient par conséquent le rôle de modèles pour les jeunes homos. Ce rapport de proximité avait eu tendance à renforcer leur capital sympathie auprès des internautes qui valorisaient toujours les approches directes et communautaires. Malgré eux, Paul et Clément étaient devenus dans une petite section du Web des espèces de figures pop, joyeuses et lubriques, un peu comme des personnages de dessin animé.

Le goût de certains abonnés pour leurs traits physiques singuliers demeurait cependant tout à fait réel : Paul et Clément étaient des « femboys » agréables à regarder, d'autant qu'ils prenaient grand soin de leur corps. De surcroît, la dimension queer, qu'ils mettaient en avant dans leurs mots et leurs comportements, avait tendance à parler à leur public, composé en partie de transgenres et de non-binaires. La réflexion qu'avaient certaines personnes sur leur identité était loin d'être un détail : une part non négligeable de leurs abonnés, notamment chez les plus jeunes, avait besoin de figures et d'incarnations dans lesquelles ils pouvaient se retrouver. Paul et Clément étaient de ce point de vue victimes d'un combat d'arrière-garde mené par les cisgenres, dont certains ne supportaient pas que des gays se définissent autrement que par leur position sexuelle : actif ou passif. Sauf que le monde avait évolué depuis que l'homosexualité s'était relativement démocratisée, notamment en France, et la question du genre avait traversé une nouvelle génération qui mettait désormais en avant ses propres combats et sa propre diversité en son sein.

Dans cette guerre, qui mettait en lumière des oppositions profondes et réelles entre plusieurs cultures de la communauté LGBT, ouvertes ou fermées, féministes ou antiféministes, il y avait toutefois un accord implicite : la centralité du corps comme source de valeur symbolique. Derrière les différends, chacun essayait de faire triompher son esthétique, son style et son registre propre. Les crop tops, le maquillage et les bijoux pour les uns, les abdos, le streetwear et les poils pour les autres. Car le magot qu'il y avait à se partager n'était pas non plus infini : le marché des homosexuels, et plus particulièrement la sous-catégorie de ceux qui se disaient prêts à payer un abonnement mensuel pour accéder à des contenus explicites, ne représentait que quelques dizaines, tout au plus quelques centaines de milliers de personnes à la surface du globe. Cette lutte fratricide cachait une réalité plus immédiate : l'inexorable émiettement des revenus de chacun. Alors, les combats se faisaient de plus en plus durs sur la toile.

Mais c'est un autre événement qui faillit faire tomber l'édifice digital que Paul et Clément avaient savamment mis en place.

# 10

La direction d'OnlyFans avait brutalement annoncé la suppression des contenus à caractère sexuel de son site, officiellement pour des raisons liées à des choix stratégiques. Le développement de la plateforme passait par un élargissement de son capital ; or, la prédominance des contenus pornographiques faisait fuir certains investisseurs, inquiets, semble-t-il, de l'image de marque du réseau.

La décision avait provoqué un tollé non seulement chez les créateurs de contenus, qui risquaient de voir leurs revenus s'effondrer littéralement, mais aussi chez les abonnés, dont la plupart étaient friands de contenus explicites. Et même s'il existait par ailleurs une multitude d'autres plateformes pornos, OF était la seule qui permettait réellement de créer un contact direct avec ses abonnés, sur le principe de Facebook ou d'Instagram. Il s'agissait donc d'un changement majeur dans l'univers du Web érotique.

« Les fils de putes ! s'était écrié Paul en appelant

Clément au téléphone. Mais de quoi je me mêle ! Retirer les contenus explicites ?! Mais dans quel but ? Empêcher que les internautes consomment du porno, alors qu'il y en a partout à foison sur le Net ? Ça n'a aucun sens ! C'était la seule manière clean de pouvoir se faire du fric en tant que TDS, et boum, des actionnaires multimillionnaires veulent nous la retirer ! J'suis dégoûté, j'suis tellement dégoûté... »

Paul n'était pas seulement indigné contre le site OF, qui n'était après tout qu'une plateforme privée gérée par des capitalistes froids aux intentions purement lucratives. Il était révolté contre le puritanisme immensément hypocrite de la société occidentale telle qu'elle se développait : « Tu vas sur YouTube, t'as des clips avec des mecs qu'insultent des communautés ou qui brûlent des gens dans des bagnoles, et ça, tout le monde s'en fout. Tu vas sur Instagram, tu peux trouver toutes les photos de seins ou de fesses que tu veux, avec des gens parfois mineurs dans des positions hyper-suggestives, là, ça passe ! Et tu peux monétiser tout ça avec des publicités, des partenariats et tout le bordel, personne t'emmerdera. Sur Twitter, tu peux attaquer des gens en les traitant de tous les noms, en les menaçant de mort, en affichant des convictions ultra-violentes, racistes, homophobes, antisémites, et des intentions ouvertement hostiles, comme vouloir couper la tête des gens, et là aussi, ça passe. Par contre, vendre ses fesses en postant des vidéos filmées à la webcam, là, rien ne va plus, et ça choque l'investisseur qui a peur du qu'en-dira-t-on ! C'est tellement répugnant. C'était l'un des derniers refuges qu'on avait, et bam, par réflexe réac d'un autre âge, on nous le retire ! »

L'impact socio-économique du changement de politique n'était au demeurant pas uniforme : si les youtubeurs étaient pour certains d'entre eux des personnes favorisées qui, par conséquent, avaient les moyens de se retourner dans une telle situation, les créateurs OF étaient quant à eux issus des classes populaires pour l'essentiel, qui faisaient fi du risque moral que constituait leur présence sur la plateforme pour compenser une réelle impasse sociale. S'attaquer à eux, c'était donc s'attaquer à une forme nouvelle mais authentique du prolétariat, dans toute la cruauté que l'opération pouvait avoir.

La décision du site n'avait pas encore été mise en application, mais, déjà, Paul et Clément envisageaient le pire. Ils espéraient trouver une solution alternative, mais aucune autre plateforme ne proposait de service équivalent : les sites pornos à proprement parler rendaient difficile la monétisation, étant donné qu'ils reposaient avant tout sur un modèle de gratuité ; les réseaux sociaux traditionnels ne permettaient pas de mettre en place des systèmes d'abonnement ; et YouTube était très strict sur les contenus à caractère sexuel, depuis son origine – la Silicon Valley restait un truc de bourgeois protestants.

Clément s'était renseigné auprès d'un développeur pour construire une plateforme ad hoc, mais l'opération n'était pas si simple, techniquement. Surtout qu'un obstacle avait très vite été identifié : s'il était possible de créer en autonomie un site internet pour y poster des contenus pornographiques, la plupart des modes de paiement excluaient les activités de ce type des pratiques autorisées. En somme, n'importe qui pouvait théoriquement bâtir son propre OF pour quelques centaines d'euros, mais ensuite, les logiciels de paiement qui permettaient les transactions par carte bleue prohibaient les contenus à caractère sexuel. « C'est une machination ! » avait hurlé Paul lorsque Clément lui avait expliqué la teneur du problème. Il leur était toujours possible de trouver d'autres systèmes de paiement, notamment avec les cryptomonnaies, mais on rentrait alors dans un univers complexe qui se prêtait mal à un usage simple pour les utilisateurs. Jamais un tel dispositif n'aurait permis de conserver le même niveau d'abonnés que celui qu'ils avaient réussi à conquérir de haute lutte.

Dans un geste désespéré, Paul et Clément avaient mis en place en urgence un site de merchandising leur permettant de vendre des produits dérivés inspirés de leurs images respectives. Mugs, T-shirts et autres tote bags, tels étaient les articles que l'on pouvait désormais s'acheter auprès des deux garçons qui, pour l'occasion, avaient mutualisé leurs efforts en organisant un shooting photo idoine. La semaine de lancement fut concluante, avec un peu moins de 9 000 euros de chiffre d'affaires. Mais il fallait déduire près de 4 000 euros d'achat de marchandises puis retirer environ 25 % de prélèvements sociaux. Initialement, Paul pensait pouvoir calculer les cotisations à payer sur la marge nette, après prise en compte des charges. Sauf que le statut d'autoentrepreneur ne le permettait pas, théoriquement : il ne s'agissait pas d'une société, par conséquent le taux de cotisation s'appliquait par un mécanisme simplifié sur l'ensemble des sommes reçues, indépendamment des coûts qu'il pouvait y avoir à supporter par ailleurs. Ils avaient donc plus de 2 000 euros de prélèvements à payer, en plus des 4 000 euros de marchandises, ce qui ramenait à 3 000 euros le profit net, tout juste.

« On n'y arrivera jamais ! » s'était exclamé Paul, fondant en larmes. Il avait rejoint Clément au Dépanneur, pour faire un point sur les comptes. Le bar venait en outre d'augmenter ses prix et proposait des cocktails entre 16 et 18 euros, désormais. Pour le quartier – l'établissement se situait dans le XVIII$^{e}$ arrondissement, un coin plutôt populaire –, c'était tout bonnement insensé.

« C'est pas si grave, temporisa Clément en posant sa main sur celle de Paul. Pour l'instant, OF n'est pas vraiment *dead*, ça va peut-être prendre du temps avant que l'interdiction soit appliquée. Et à côté, on a toujours l'escorting. C'est plus stable.

– Mais j'en peux plus, de l'escorting, moi. T'as pas

compris ? J'ai chopé encore une gonorrhée la semaine dernière, je fais angine sur angine, l'autre fois j'ai dû aller chez le dermato pour me faire enlever un gros condylome sur le gland, à l'azote liquide, je pissais le sang… Et je supporte plus ces types qui m'obligent à ken sans capote en me menaçant de retirer un billet si jamais je ne dis pas oui !

– Tu ne peux pas augmenter tes prix ? Comme ça t'en fais moins, mais plus qualitatif.

– Mais je l'ai déjà fait, qu'est-ce que tu crois ? L'inflation, c'est une putain de fuite en avant, j'te dis. Je peux pas aller au-delà… sinon je perds tout le monde, et là, c'est retour à la case départ. Surtout que j'aurai pas de deuxième chance. Sans mon OF, tous mes projets s'effondrent. »

Un serveur se rapprocha de la table à laquelle ils s'étaient installés : « Je vous ressers un verre, les garçons ? » Paul lança un regard noir à Clément, qui répondit : « Non merci, on va s'arrêter là, c'est plus dans nos moyens. »

Paul était rentré chez lui dans un état dépité et avait pris une pilule d'ecstasy, puis trois rails de coke. Le sentant flancher, Clément avait insisté pour l'accompagner : « Faut pas que tu sois seul, je vois bien que ça ne va pas », mais Paul avait catégoriquement refusé. Il avait besoin de se retrouver pour faire le point sur la suite, à supposer qu'il y en ait une.

Sur Twitter, des milliers d'influenceurs OF continuaient de clamer leur indignation : « C'est le grand capital qui se referme sur les petits créateurs ! » ; « On en a marre de se faire manipuler par des fumiers qui nous utilisent pour faire grossir leur entreprise puis nous jettent quand ils n'ont plus besoin de nous » ; « Va falloir que les responsables payent. On va pas se laisser faire ». Certains avaient déjà pris les devants en montant des plateformes parallèles, mais les problèmes attendus ne tardèrent pas à apparaître : « On a monté un site, mais aucun fournisseur de paiement ne veut de nous ! On est condamnés à se vendre gratuitement. C'est l'esclavage moderne. »

Paul avait souhaité faire une vidéo spécifique destinée à sa communauté pour lâcher un gros coup de gueule, peut-être un long format destiné à YouTube ; mais, en lisant tous les commentaires sur Twitter qui véhiculaient le désarroi, et même le désespoir, des uns et des autres – certains travailleurs du sexe étaient devenus totalement dépendants de la plateforme OnlyFans qui les faisait vivre –, il n'en eut même pas la force. Il était sur le point de tout arrêter.

Ses propres abonnés avaient toutefois anticipé le naufrage et plusieurs dizaines d'entre eux lui avaient versé des dons spontanés sur son compte PayPal, indépendamment de la plateforme. Certains internautes comprenaient très bien la difficulté dans laquelle les créateurs de contenus se trouvaient, en particulier ceux qui produisaient du porno. Autant les musiciens, les youtubeurs et les tiktokeurs pouvaient aisément s'adonner à leur passion sans risquer le bannissement tant qu'ils respectaient les conditions d'utilisation des plateformes, autant les travailleurs du sexe se trouvaient en situation de dépendance totale vis-à-vis d'un seul acteur : OnlyFans, qui de fait avait acquis, sans d'ailleurs le demander, le statut de monopole.

Cette précarité digitale des TDS se retrouvait bien sûr dans le monde réel où, indépendamment du mépris qu'ils subissaient au quotidien, aucun statut légal ne leur était octroyé. Dans leur grande fourberie, les institutions officielles ne pouvaient nier et toléraient les activités liées à la prostitution, mais sans jamais les reconnaître ; très lâchement, les gouvernements fermaient les yeux sur le business du sexe, écartant ainsi l'idée de le légitimer. Partant, celles et ceux qui avaient investi une énergie considérable pour s'organiser, toucher des clients et sécuriser leur activité se retrouvaient régulièrement en situation d'immense incertitude, où tout pouvait du jour au lendemain être remis en cause. Et dans l'esprit de la plupart des gens, l'amalgame était persistant entre les réseaux de prostitution qui exploitaient les corps, dans une opération de marchandisation ignoble, et les TDS indépendants qui exerçaient leur métier depuis leur domicile, sans intermédiaire aucun, de façon autonome – et libre, d'un certain point de vue.

Paul savait pourtant que la société était prête à évoluer sur ces questions. Les mœurs avaient changé depuis les années 2000, et les plus jeunes générations avaient une approche beaucoup plus pragmatique de la question sexuelle, en particulier dans la communauté gay. Certes, la prostitution n'était pas traitée comme une activité anodine, et c'était heureux, mais il y avait un impératif de survie, derrière la pratique de l'escorting. Certains amis de Paul avaient fini par réussir le concours de médecine grâce à leur activité parallèle de TDS, qui leur avait permis de continuer à payer leur loyer après un échec en première année.

Notamment pour ceux qui venaient de province, les parents n'étaient pas toujours en mesure de subvenir aux besoins matériels de leurs enfants, alors, souvent, c'était soit la prostitution, soit l'arrêt brutal, voire définitif, des études, et de façon subséquente l'abandon d'un objectif de carrière. Dans ce contexte, on n'avait pas affaire à une jeunesse qui voulait absolument se prostituer, par vice ou par déviance, mais à une jeunesse qui voulait qu'on lui laisse l'un de ses derniers moyens de subsistance.

Huylam avait contacté Paul pour prendre de ses nouvelles. Il avait appris la volonté d'OF de faire évoluer sa politique, et, tout de suite, il avait imaginé le pire. « Si tu veux, je peux t'aider pendant quelques mois, sans contrepartie, rassure-toi, je sais que tu dépends de ça pour vivre, et pour tes projets. Alors laisse-moi t'aider, s'il te plaît. Laisse-moi t'aider. »

Paul avait hésité à accepter sa proposition, mais il n'était pas à l'aise avec l'idée qu'un client, fût-ce un client très privilégié, le subventionne au quotidien. Il avait réussi à se sortir de la galère tout seul, et depuis, il finançait tous ses projets sans la moindre aide extérieure, à commencer par l'appartement parisien qu'il comptait toujours s'acheter dès que ce serait possible – il n'avait pas abandonné ce rêve. Paul ne voulait pas se retrouver dans la situation d'être redevable à quelqu'un, même plusieurs années plus tard. Il devait se prouver à lui-même qu'il était capable de gravir les échelons, et d'accéder à un certain statut social grâce à son seul travail. Alors, il refusa la proposition de Huylam.

Le lendemain, Paul envoya un message à Bruno. Le millionnaire de son immeuble.

# 11

Bruno s'était pointé et avait enfilé Paul quelques secondes après avoir lâché ses 500 euros sur le plan de travail de la cuisine – c'est qu'il en avait, du pognon. Il avait éjaculé vite, comme un ado, mais fort heureusement pour Paul, le type avait une assez petite bite – ce qui ne lui avait pas semblé étonnant. Les hommes peu gâtés par la nature compensaient souvent leur manque de confiance en eux par des investissements pharaoniques, du moins, lorsqu'ils en avaient les moyens : fringues de luxe, SUV haut de gamme, maisons de campagne démesurées… Cette stratégie risible de transfert de phallus avait toutefois le mérite d'être pacifique ; alors que dans la consommation de prostitution les hommes frustrés se montraient généralement agressifs, méprisants, et humiliants vis-à-vis de l'escort. Ils voulaient ainsi faire payer à l'autre leur misère sexuelle et le manque d'affection qu'ils avaient accumulé durant parfois des années. On n'allait tout de même pas les plaindre, mais c'est vrai qu'ils faisaient peine à voir, ces types.

« On baise plus avec ma femme depuis des lustres, s'était confié Bruno, après avoir uriné sur Paul, qui n'avait que vaguement consenti à l'opération. Au début, ça allait, on avait une vie sexuelle à peu près normale, mais lorsqu'on a eu notre premier enfant, tout s'est effondré. Je n'arrivais plus à bander, j'avais l'impression que je respectais trop ma femme pour pouvoir continuer à la pénétrer, et elle, de son côté, je crois que je ne l'intéressais plus. Elle se concentrait sur son rôle de mère, et lorsque le deuxième enfant est arrivé, là, on a carrément tout arrêté… J'ai pris du poids, je suis devenu repoussant pour elle, mon corps la dégoûtait, mes poils surtout, et de son côté, je crois qu'elle a commencé à voir d'autres mecs, et des nanas, aussi. J'avais beaucoup de mal à le supporter mais je n'osais rien dire. Elle avait ses besoins, j'avais les miens. Sauf que moi, je n'arrivais pas à les satisfaire. »

Paul était en train de se rhabiller pendant que Bruno, qui s'était assis sur le canapé, continuait à parler.

« C'est là que j'ai commencé à aller sur les applis, d'abord sur les applis de rencontre normales, mais je trouvais rien, personne ne me répondait, sans doute parce que j'avais une sale gueule ou peut-être parce que je ne trouvais pas les bons mots dans mes messages. Ça doit se sentir quand un homme a faim comme j'avais faim. »

Las d'écouter ses jérémiades, Paul s'était servi un café et ne savait pas trop quoi faire pour réconforter Bruno, ce type qu'il détestait et qui venait par ailleurs de le maltraiter ; il n'y avait pas d'autre mot pour décrire ce qu'il avait fait. Il avait même été jusqu'à le fister, en lui enfonçant son gros poing dans le cul. Paul avait eu un début de saignement.

« De fil en aiguille, j'ai commencé à aller sur les plateformes d'escorting, d'abord de nanas, mais là aussi, je sais pas pourquoi, je me sentais bête, un peu ridicule, comme si je me voyais dans un miroir, en mec moche et pathétique qui va se taper des putes, c'est tellement cliché. Jamais j'aurais pensé en arriver là, et je ne dis pas ça parce que je méprise spécialement les putes, elles font ce qu'elles veulent, je dis juste que je ne pensais pas devoir faire appel à ça… J'ai fini par rencontrer une fille, une Asiate, assez jolie, pas très jeune, la trentaine, et honnêtement, même si c'était une relation tarifée, j'avais l'impression que c'était flatteur qu'elle accepte ça, qu'elle accepte de me voir, de me sucer. Je suis venu chez elle, je l'ai prise, dans les fesses, et ça s'est plutôt bien passé. Mais elle fixait beaucoup trop de règles, cette conne, elle voulait absolument que je mette une capote, j'ai dû insister plusieurs fois pour qu'elle veuille bien que je la sodomise, et pour l'"uro", pareil, elle rechignait. »

Paul écoutait ce récit en ressentant un intense dégoût.

« Bref, j'ai compris qu'avec les nanas, ce ne serait pas

si facile. Même les putes. Enfin… les prostituées, quoi, je ne sais pas comment faut vous appeler, escort, ça fait plus classe ? Enfin, un collègue à moi, hétéro aussi, m'avait parlé de "femboys", ces espèces de mecs, un peu comme toi, qu'ont un corps très féminin, même si ce sont des vrais mecs. Au début, j'étais choqué, moi qui déteste les pédés en temps normal, mais quand il m'a montré les photos des types qu'il s'envoyait, des garçons totalement imberbes qui suçaient tout ce qui bougeait, ça m'a provoqué une putain d'érection. Il m'a filé l'adresse de quelques sites, et hop, j'étais parti ! »

Bruno, qui ne s'était toujours pas rhabillé, commençait à se masturber en racontant son histoire. Manifestement à l'aise, et perdu dans ses pensées, il faisait comme s'il était chez lui, et n'adressait même pas un regard à Paul.

« Ensuite c'est parti en freestyle. Je voyais des mecs sans arrêt, au boulot, chez moi, chez eux, je me tapais tout ce qui venait, même des mineurs parfois, ils gueulaient et se plaignaient de certains trucs, surtout le fist, mais je continuais, je continuais, et au bout d'un moment, ils fermaient leur gueule. Ils fermaient tous leur putain de gueule ! »

Le Bruno s'astiquait avec de plus en plus de vigueur, et avait fermé les yeux tout en continuant à cracher contre ses fournisseurs de sexe.

« Ces petits cons, ces p'tits minets qui devaient me mépriser intérieurement, c'est moi qui les dominais, c'est moi qui les aidais à payer leur loyer, c'est moi qui leur défonçais leur petit cul tout lisse. Ils faisaient moins les malins, une fois que je les avais attachés au radiateur et que je leur enfonçais mes doigts, mon poing puis ma queue jusqu'à leur faire des fissures anales. Et ils étaient bien contents de prendre mon pognon à la fin pour pouvoir financer leurs sorties en boîte et leur vie étudiante, leur petite vie de merde, leurs petites ambitions de merde ! »

Paul avait la nausée.

« Ils arrivaient, je les désapais, ils pouvaient s'appeler Igor, Valentin, Nathan, je n'en avais rien à foutre, tant qu'ils se mettaient à quatre pattes et qu'ils fermaient leur gueule. J'avais pas envie d'entendre leurs histoires, leurs conneries de soirées entre pédés dans le Marais, dans leur entre-soi dégueulasse, j'voulais juste leur mettre la misère, les punir de vivre cette vie de débauche, de profiter de cette liberté irresponsable, alors que moi, je me cassais le cul à essayer de construire une famille et à gagner du fric pour entretenir mes chiards, tu comprends, Paul, fallait que quelqu'un paye, qu'est-ce que tu veux, c'est tombé sur ces p'tits connards, ces p'tits prétentieux chauds du cul qui paradent en soirée pour se faire payer des cocktails et des chambres d'hôtel ! »

Le Bruno était sur le point d'éjaculer.

« T'imagines pas la jouissance que c'est d'avoir une petite vie comme ça entre tes mains. Des gars tout juste sortis du lycée, qui ne captent rien à la vie, mais qu'ont déjà toute cette stupidité arrogante, et qui doivent mépriser les gens comme moi. J'peux te dire que j'en faisais ce que je voulais, une fois qu'ils étaient entre quatre murs, avec derrière l'appât du gain, toujours l'appât du gain ! Ces gars cumulent tous les vices, un peu comme toi d'ailleurs, désolé de te le dire, ça baise, ça baise, et ça encaisse, ça encaisse ; c'est quoi, votre morale ?! Vous avez quoi d'autre comme objectif dans la vie, à part vous traîner dans le foutre et dilapider le pognon des honnêtes hommes comme moi ? Vous pensez que vous êtes au-dessus de nous, parce que vous avez un corps et la jeunesse ? Mais ça ne va pas se passer comme ça, moi, j'ai pas cravaché comme ça pour ne plus baiser, j'me suis pas emmerdé à faire des mômes pour me retrouver comme une pauvre merde, j'vais les défoncer, vos culs, t'entends, p'tit con ? J'vais vous défoncer, j'vais rentrer ma queue dans toute l'engeance des salopes de Paris ! Y en a pas un qui y échappera ! Et si tu… »

Paul venait de trancher la gorge de Bruno avec des ciseaux de cuisine.

Le sang s'était répandu sur le sol et avait éclaboussé toute une partie du mur, derrière le canapé. L'immonde bonhomme s'était écroulé par terre, sur le ventre, et il ne s'était passé que quelques secondes avant qu'il arrête de respirer. Le geste de Paul avait été sec et puissant, le type n'avait même pas eu le temps de réagir. Il fallait que son ignoble récit cesse.

Paul avait rapidement dû se rendre dans un Leroy Merlin pour acheter du matériel de nettoyage ainsi qu'un sac idoine pour y insérer le corps – il y avait un magasin pas très loin de chez lui, à Saint-Ouen, dans le nord de Paris. Le Bruno n'était pas immense mais il était assez enrobé, dès lors, un simple bagage de voyage, même très ample, n'aurait pas suffi. Alors Paul avait opté pour un sac de chantier, plus large et profond.

Il avait ensuite dû attendre qu'il fasse nuit noire pour déplacer le corps à l'extérieur de son appartement. Paul avait tiré le sac jusqu'au chantier de l'immeuble d'en face, qui était libre d'accès. Il lui avait simplement fallu déplacer une petite barrière en métal de quelques mètres, avant de pénétrer dans la zone, en traînant derrière lui son cadavre. Puis il avait jeté le corps dans un trou de plusieurs mètres de profondeur qui avait été creusé pour relier les canalisations au nouvel immeuble. Paul s'était dit qu'il s'agissait là d'une demeure adéquate pour celui qui avait investi tant d'argent dans ce projet immobilier dont les travaux étaient toujours arrêtés. « Juste retour à l'envoyeur », avait-il murmuré en repartant chez lui.

L'opération la plus délicate fut le nettoyage de l'appartement. L'abject type avait un sang épais, qui s'incrustait, et certaines traces avaient beaucoup de mal à partir, en particulier sur les murs. Quant au canapé,

Paul avait trouvé une solution de facilité : il avait acheté une housse de couleur noire qui recouvrait entièrement le meuble, de telle manière que les nombreuses taches de sang se trouvaient entièrement occultées par l'épaisseur du tissu.

En quelques heures seulement, Paul avait fait disparaître Bruno dans sa totalité. Et il se disait qu'avec un peu de chance, sa mort pourrait avoir un impact sur le projet immobilier, un impact négatif, espérait-il, dans la mesure où le type en était l'un des principaux investisseurs. Il pourrait faire d'une pierre deux coups.

Le lendemain, il passa l'essentiel de sa journée à dormir. La dissimulation du corps et le nettoyage complet de l'appart l'avaient somme toute exténué, et il n'avait qu'un seul rendez-vous de prévu, le soir même – avec un jeune gay qui l'avait contacté pour du sexe tarifé afin de se faire dépuceler, se souvenait-il. Paul appliquait une réduction systématique pour toutes les personnes âgées de dix-huit à vingt ans, et parfois même, il leur rendait l'argent, après la passe. Il considérait qu'il fallait s'aider, entre alliés, entre partenaires de galère ; lui avait besoin d'argent, et eux, ils avaient besoin de découvrir leur corps et les possibilités que celui-ci leur offrait.

Contre toute attente, le site OnlyFans venait de révoquer son intention d'interdire les contenus à caractère sexuel. Le tollé avait été si grand, et internationalement commenté, y compris par quelques célébrités du show-biz, que la plateforme avait fait machine arrière, craignant une hécatombe du nombre de ses abonnés. Car si les utilisateurs payaient entre 5 et 20 euros mensuels, en versant au passage une commission au réseau social, c'était dans l'écrasante majorité des cas pour accéder à des contenus pornos. Sans eux, c'était l'ensemble du modèle économique de l'opérateur qui était mis à mal.

« On est libres ! » s'était empressé d'envoyer Clément, sur WhatsApp. Mais Paul restait prudent, car en lisant entre les lignes, il fallait comprendre qu'OF ne réautorisait que temporairement la diffusion de contenus explicites, en réalité. La menace d'une nouvelle interdiction continuait de planer au-dessus de la tête des créateurs de contenus. Pour Paul, le modèle ne pouvait plus être considéré comme pérenne, dès lors, il fallait envisager d'en sortir à moyen terme, pour ne plus en dépendre.

« Je me donne encore un an pour atteindre mon objectif, ensuite j'achète l'appart, comme je voulais, et là je me lance dans autre chose. Je supporte pas de faire reposer mon avenir sur le jugement de goût d'un connard de patron de start-up ou d'investisseur de hedge fund. Si même ça, c'est *dead*, bah très bien ! nous, on va se passer d'eux. Quand quelque chose coince, je tranche dans le vif. »

# 12

Quelques jours plus tard, Clément était venu dormir chez Paul, ce qui arrivait assez rarement depuis que leur activité avait pris une place centrale dans leur vie. Le travail passait toujours avant les sentiments. Ils avaient passé une grande partie de la soirée à tourner une nouvelle sextape pour leurs abonnés, afin de célébrer la poursuite de « l'aventure » OnlyFans, comme ils l'appelaient, qui n'était effectivement pas une promenade de santé. Toujours fidèles, les internautes s'étaient montrés plus que généreux en versant des dons additionnels aux deux influenceurs. « Heureusement qu'on peut compter sur notre capital sympathie », s'était ému Paul, après avoir longuement remercié ses abonnés dans un live Instagram qui avait duré jusqu'à 2 heures du matin.

Il avait pris l'habitude d'envoyer un SMS personnel à tous ceux qui allaient au-delà de leur simple abonnement mensuel, en lui versant des contributions volontaires. Ce soutien désintéressé et sans contrepartie directe était quelque chose qui touchait particulièrement

Paul. Lui qui avait longtemps pensé que le marché n'était régi que par l'offre et la demande, il avait l'impression de retrouver la nature première de ce que devait ou en tout cas de ce que pouvait être l'humanité sur la plateforme : des échanges animés avant tout par des affects et des émotions, sans recherche immédiate d'un intérêt personnel. En vérité, il existait une certaine solidarité entre précaires : Paul avait remarqué que c'était souvent les moins aisés qui se montraient capables d'actes charitables. Rarement les autres. « Ils ont senti qu'on allait être dans la merde, ils nous ont aidés, sans rien demander. C'est beau. C'est vraiment beau… »

Clément s'était allongé sur le canapé, un exemplaire de *Vogue* dans les mains. « Ah, t'as mis une housse dessus ?

– Ouais, j'arrêtais pas de faire des taches, et comme c'est un meublé, au moins, comme ça, je pourrai essayer de récupérer ma caution quand je partirai.

– Ça fait sombre, noir, quand même. C'était comment, au fait, en dessous… »

Clément s'apprêtait à soulever un coin de la housse pour vérifier la couleur du tissu du canapé, mais Paul l'en empêcha : « Touche pas, s'il te plaît, j'ai mis trois heures à la mettre, ça ne tient pas bien. »

Au fil du temps, Clément était devenu de plus en plus flamboyant, affirmant un style raffiné, ce qui n'était pas si courant dans le milieu parfois tape-à-l'œil des TDS. Il portait du Balenciaga, du Saint Laurent même, et faisait désormais du sport chaque jour – ce qui avait toujours été le cas de Paul. D'ordinaire sérieux, sans doute en raison de ses études de droit qui avaient eu tendance à le formater, il s'était progressivement émancipé de son statut de bon élève et n'hésitait plus à se dénuder, y compris en public. Il mettait des T-shirts très échancrés, des jeans près du corps, et surtout, il arborait cette espèce de sourire qui lui donnait un air espiègle, gentiment aguicheur. La pratique de l'escorting avait des avantages en ceci qu'elle permettait d'apprendre un grand nombre de choses sur la nature humaine, et en particulier sur ce qui stimulait le désir des individus. À force d'accumuler de nouveaux clients, Clément avait développé une approche scientifique du savoir-être, il pouvait en quelque sorte déclencher l'envie d'autrui sur commande, avec la bonne tenue, la bonne attitude, le bon regard. Sa cote ne faisait ainsi qu'augmenter sur le marché, et dans la rue il était difficile de ne pas se retourner sur lui, qu'on soit fille ou garçon, straight ou gay. Il dégageait une sorte d'énergie hypnotique.

Quant à Paul, qui avait lui aussi développé des compétences solides en la matière, il restait toutefois un ancien hétéro dont les réflexes manquaient parfois de subtilité. Sa voix sonnait plus grave, son langage était parfois vulgaire, et lorsqu'il s'énervait, la délicatesse qu'il avait progressivement acquise pouvait vite disparaître pour laisser s'afficher une violence très genrée, c'est-à-dire typiquement masculine.

Il ressentait un grand désir pour Clément, mais il n'était pas encore tout à fait à l'aise avec sa nouvelle sexualité, sa bisexualité, qu'il avait d'abord eu l'impression d'adopter par pur opportunisme. Mais l'idée avait fait son chemin, depuis ses premiers ébats avec Clément, et désormais, il ne se voyait pas pouvoir repasser de l'autre côté, en ne fréquentant que des filles. « Il y a quelque chose de plus romanesque, dans les relations homos, avait-il confié à Clément. J'ai l'impression que comme on se comprend mieux, comme on sait davantage ce que ressent l'autre, du fait de points communs forts, on se projette aussi davantage. Et on interprète mieux les désirs de l'autre. C'est assez émouvant de se découvrir gay quand on pensait ne jamais avoir quoi que ce soit à voir avec ce milieu. Ou plutôt avec cette orientation… Je me suis volontairement dépossédé d'une partie de moi, en devenant gay, mais cette nouvelle personne que je suis aujourd'hui, je l'aime plus que toutes les autres versions de moi-même que j'ai pu avoir auparavant. »

Sans surprise, Clément avait abandonné ses études de droit, par réel défaut de motivation. « Ça va nulle part, ce projet, je le sens bien. Je gagne ma vie avec le cul, j'ai l'impression que, maintenant, j'en suis comme redevable. Je le dois à mon corps. J'ai pas fait toutes ces photos et tourné toutes ces vidéos pour rien… Faut que je structure tout ça, parce que j'ai de l'ambition, j'veux pas rester dans un studio toute ma vie. Je veux voyager, monter ma marque, pourquoi pas la boîte de prod qu'on avait évoquée ensemble, les démarches administratives ne me font pas peur. Ce n'est pas très orthodoxe mais, au moins, ça nous fera vivre et on prendra du plaisir en le faisant. On n'a plus de temps à perdre. On pourrait fonder les Paul & Clém Studios, et devenir des références sur Pornhub tout en gardant nos OF personnels, pourquoi pas ? J'me vois plus faire ça que de la finance ou du droit des affaires pour des clients internationaux que je croiserai jamais avec des actionnaires répartis aux quatre coins du globe… Au moins, avec le corps, l'épiderme, on a un contact direct avec l'autre, on ne peut pas faire semblant, et tout le plaisir qu'on prend, et qu'on donne, personne pourra nous le retirer. Ce qui est pris est pris. »

Ils s'étaient installés tous les deux sur le lit, nus, et regardaient un film de Xavier Dolan – *Laurence Anyways* –, en buvant du prosecco. De temps en temps, Paul étalait un peu de tarama sur du pain et tendait la tartine à Clément, puis ils croquaient dedans l'un après l'autre, en s'échangeant des baisers et des caresses.

« T'imagines, quand on aura notre propre appart ? lança Paul, en posant sa main sur la cuisse de Clément.

– Et moi j'achèterai un pied-à-terre à Sitges, près du centre.

– Le matin, on ne se lèvera pas trop tard, pour travailler efficacement, pendant deux ou trois heures. On tournera ce qu'on doit tourner, on mettra à jour nos profils, on entretiendra nos relations avec nos abonnés.

– Et on réglera tout ce qu'est administratif.

– Ouais, comme ça, ensuite, on aura nos après-midi pour nous. On essaiera de se laisser du temps tout seul pour respirer aussi, mais ensuite, on pourra se retrouver sur la plage, aller se baigner, jusqu'en automne. »

Paul avait envie d'y croire, à ce tableau idyllique qui ne lui paraissait pas si ridicule, en y songeant. De nombreux créateurs OnlyFans étaient des couples qui travaillaient ensemble, le plus connu d'entre eux avait même construit son univers autour des vacances, en utilisant le nom de « BoysOnVacation » sur les réseaux.

« Et pendant les mois d'hiver, je veux qu'on parte loin, ajouta Clément. Au soleil.

– Genre en Californie ?

– Voilà. Parfait. Comme ça, on se casse dès le mois de novembre, pendant, disons, quatre mois, et on revient en Europe vers mars, au début du printemps.

– On évacue toute la période merdique.

– Et on peut bosser de là-bas, qu'on soit à Sitges, Paris ou San Francisco. On peut louer l'appart qu'on aura acheté entre-temps, pour financer le voyage. Je veux vivre comme un nomade. »

Paul n'avait jamais pris l'avion de sa vie. Il n'avait

jamais traversé la Manche, ni a fortiori l'océan Atlantique. Il avait été un sédentaire toute sa vie durant, non pas par choix mais par nécessité.

« Et si nos réseaux ne nous rapportent pas assez, on pourra toujours faire des passes sur place, précisa Paul. Je veux dire en dehors de Paris.

– Ce sera très bien comme ça. On pourra même les faire ensemble, pour augmenter nos prix et se protéger mutuellement des tarés, hein ? Un accident est si vite arrivé… »

Paul ravala sa salive.

« Tout va bien ? s'étonna Clément.

– Oui, c'est juste un morceau de pain que j'ai avalé de travers… On va le faire, tout ça, on va le faire ! Maintenant qu'on connaît les outils, on n'a plus d'excuse. Surtout qu'on est deux pour amortir les chocs et se répartir les risques, en cas de pépin. On sera plus forts que jamais. »

Le téléphone de Paul sonna. « Putain ! » s'écria-t-il. Il semblait soudain extrêmement angoissé.

« Mais pourquoi tu t'énerves comme ça ? s'inquiéta Clément.

– Oui, allô ?

– Vous êtes monsieur Paul Dud…

– Oui. Qu'est-ce qu'il y a ? »

Paul avait des gouttes de sueur qui coulaient sur son front.

« Vous êtes bien monsieur Paul Du…

– Oui, je vous écoute ! Qu'avez-vous à me demander ?

– Pardon de vous déranger, nous sommes la société Soripo25, nous faisons des sondages pour connaître les habitudes alimentaires des Français en matière de biscuits, est-ce que vous auriez quelques minutes à me consacrer ? »

Paul raccrocha.

« C'était quoi ?

– Rien… J'te ressers du prosecco ? »

Depuis la mort de Bruno, Paul craignait toujours le pire, lorsque son téléphone sonnait. Et pas seulement lorsque son téléphone sonnait.

Les deux garçons s'étaient allongés l'un à côté de l'autre. Clément avait commencé à sucer Paul, dont le sexe s'était immédiatement dressé. Il pressait la verge entre ses doigts tout en faisant des va-et-vient avec sa bouche, au fur et à mesure que la bite se durcissait. Mais au moment où il se mit en position pour se faire prendre par Paul, ce dernier se leva brusquement et alla brancher la webcam de son ordinateur. « Je poste en direct sur OF, si ça ne te dérange pas. On va encore nous donner des tips, tu vas voir. Surtout que quand c'est du direct, les gens aiment encore plus, comme tu sais. Vu l'incertitude de la période, faut pas qu'on loupe des occasions… »

La sodomie dura plus d'une demi-heure ; Paul était en grande forme et maintenait la cadence. Il se tenait le plus souvent en position debout, pendant que Clément se trouvait agenouillé devant lui, les fesses en arrière. La levrette était leur position préférée. Mais c'était surtout celle que leurs abonnés réclamaient.

Plus de neuf cents personnes regardaient leur show en direct. Les commentaires pleuvaient sous la vidéo du site, ce qui avait fait remonter le compte de Paul dans l'algorithme. De nouvelles personnes s'étaient abonnées et plusieurs fans avaient versé des dons, dont certains pour des montants importants – 50, parfois même 100 euros.

C'était maintenant au tour de Clément de pénétrer Paul, cette fois-ci dans la position du missionnaire. « J'aime tellement voir ton visage, quand j'te fais l'amour », dit-il avant de lancer les hostilités. Il avait parlé suffisamment fort pour que le micro de la caméra puisse entendre ses mots.

Sachant le nombre de personnes qui les regardaient en direct, ils mettaient naturellement plus d'énergie dans leur démarche, pour que la performance soit à la fois belle et spectaculaire, douce ou brutale selon le moment. La caméra faisait toujours peser une pression particulière sur ceux qui étaient filmés, un peu comme lorsque les comédiens organisaient une captation vidéo de leur représentation, au théâtre des Mathurins ou à La Cigale ; sauf que dans le cas de Paul et Clément, il n'y avait pas de dialogues, tout était improvisé, et leur théâtre, c'était une piaule.

Ils passèrent ensuite au soixante-neuf, en pleine ligne de mire de la webcam, ce qui déclencha de nouveaux dons ainsi que de nouveaux abonnés. « Ça va pleuvoir », glissa Paul à l'oreille de Clément, pendant que ce dernier le suçait avec avidité.

Ils terminèrent la performance en baisant frénétiquement sur la table du salon, la toute petite table située devant le canapé. Elle ne faisait qu'une cinquantaine de centimètres de diamètre ; faire l'amour dessus en gardant l'équilibre constituait dès lors un défi de taille, une authentique prouesse. Mais leurs corps respectifs étaient fins et légers, chacun pouvait attraper l'autre et le manipuler à la seule force de ses bras.

Avec l'expérience, ils étaient devenus comme des marionnettes, dont ils étaient également les tireurs de ficelles : ils n'avaient pas de patrons, c'est vrai, ni d'actionnaires, ni de managers, ni de donneurs d'ordre. Mais leurs abonnés étaient avant tout des clients qu'il fallait satisfaire en leur donnant toujours plus de matière et, si possible, des contenus originaux – exactement comme sur Netflix ou Amazon Prime, sauf qu'ils ne disposaient pas exactement des mêmes budgets pour fidéliser leur audience. Leurs corps étaient devenus des objets à part entière, des produits virtuels en quelque sorte détachés d'eux-mêmes et qui, par conséquent, ne leur appartenaient plus vraiment. Ils n'en étaient que les dépositaires.

« Fais-moi une faciale », avait lâché Clément, alors qu'il se trouvait à moitié allongé sur le dos, sur la petite table. Paul prit soin de rapprocher la webcam de lui puis se termina en éjaculant sur son partenaire, qui étala ensuite le foutre sur tout son visage, bien en évidence.

La clientèle avait obtenu pleine satisfaction.

# 13

L'activité d'escorting de Paul avait repris à plein régime. La fin de l'hiver était difficile pour nombre d'hommes célibataires et les sites de mise en relation explosaient les compteurs dans plusieurs pays européens, la presse nationale s'en était même fait l'écho. Certains jours, il arrivait à se faire près de 900 euros, des sommes qu'il mettait près d'une semaine à atteindre, en temps normal. « C'est la ruée vers le sexe ! » s'amusait-il à dire à Clément, qui profitait lui aussi du mouvement, dans une moindre mesure – il considérait qu'il gagnait déjà largement assez d'argent et préférait préserver son corps de mises à l'épreuve trop systématiques.

Inversement, Paul se sentait en excellente forme et s'était trouvé régénéré depuis qu'il avait appris la bonne nouvelle concernant les conditions de publication du site OF. Il avait par conséquent entamé des recherches avancées auprès d'agences immobilières en vue de l'achat d'un appartement. Il s'était fixé un maximum de 450 000 euros de budget, frais d'agence inclus. La somme était en soi suffisante mais ne permettait pas non plus d'accéder aux meilleurs biens, ceux qui bénéficiaient de lumière, de calme ou d'une jolie vue. « Le confort n'a pas trop d'importance, précisait-il aux agents immobiliers qu'il rencontrait. Ce qui compte, c'est la surface et l'emplacement. Et s'il y a des travaux, pas de problème, je les ferai plus tard quand j'aurai plus de moyens, je n'envisage pas de mise en location, c'est pour mon strict usage personnel. »

Ses interlocuteurs le recevaient avec intérêt et respect mais ne comprenaient pas trop comment il comptait financer son acquisition. « Je suis en train d'accumuler de l'épargne, grâce à un job très rémunérateur. » Mais bien sûr, il ne précisait jamais quel était l'emploi qu'il occupait, ce qui suscitait parfois la suspicion chez les agents. « Nous avons besoin de connaître votre profession et votre employeur, pour savoir si votre dossier de crédit a ensuite des chances de passer. Sur Paris, le marché est très liquide, les types de biens que vous recherchez partent en général dans la journée, alors comme vous pouvez l'imaginer, on fait en sorte de présenter aux vendeurs des dossiers qui sont vraiment solides. »

En parallèle, Paul s'était renseigné auprès d'établissements de crédit pour connaître ses possibilités d'emprunt. Mais là aussi, après un premier contact généralement bon, les conseillers qui le recevaient devenaient souvent dubitatifs, voire ouvertement méfiants. Paul avait beau dire qu'il déclarait un chiffre d'affaires mensuel de près de 9 000 euros, et ce, depuis plusieurs mois, l'origine des fonds n'était pas claire. « Vous avez manifestement des revenus importants, c'est un bon début, surtout si vous maintenez ce rythme sur plusieurs mois encore. Mais comme vous n'êtes pas salarié, et que vous n'avez donc pas de protection en cas de chômage, nos conditions sont plus strictes. Nous devons notamment savoir quels sont vos principaux clients, en tant qu'indépendant, pour vérifier la viabilité économique de votre situation. C'est un élément clé dans l'analyse de votre dossier. »

Un jour de février, alors qu'il avait rendez-vous dans un établissement situé près du Trocadéro, Paul avait failli vendre la mèche, en expliquant l'origine réelle des fonds dont il disposait. Il avait même commencé à prononcer le mot « Only… » avant de se rétracter. Il savait que la plateforme était trop directement associée à la vente de contenus à caractère sexuel ; la banque aurait pu jeter un coup d'œil à son profil, le cas échéant, puis se rendre compte qu'il s'agissait bien d'une activité de type pornographique. En soi, ce n'était peut-être pas un élément rédhibitoire, mais la situation aurait été trop atypique aux yeux des vérificateurs, ceux qui scrutaient l'équilibre financier des candidats à un emprunt : quelle était la pérennité d'un revenu issu d'une activité de ce type ? Disposait-on de données statistiques quant à la stabilité professionnelle des digitaux du sexe ? Avait-on des courbes, des études qualitatives et des notes de tendance s'agissant de cette activité bizarre d'acteur porno amateur ? À la rigueur, Paul aurait été plus tranquille s'il avait été acteur salarié dans un studio estampillé French Twinks ou Helix ; mais en tant qu'indépendant, l'équilibre de son chiffre d'affaires n'était jamais assuré.

La première barrière – celle des agences immobilières – pouvait toutefois être contournée. Paul aurait sans problème pu s'improviser consultant en stratégie digitale, ou quelque chose de ce genre, et se faire recommander par des amis escorts qui auraient avalisé ses dires. Le conseil en communication correspondait à une activité vague, à laquelle aucune compétence précise n'était associée, en dehors de la gestion d'un compte Instagram ou d'un profil Twitter que n'importe quel connard, à l'ère du digital, était capable d'opérer. Ainsi, des factures pourraient être émises, pour justifier la réalité de son activité. L'agent immobilier n'irait sans doute pas jusqu'à appeler les clients pour s'assurer de la véracité de ses propos : tout ce qui importait, c'était les attestations Urssaf, et éventuellement les factures pour donner plus de consistance à l'ensemble. Mais ce qui coinçait, c'était les banques : comment serait-il possible de justifier auprès d'elles du sérieux du travail de Paul ? Allait-il devoir leur montrer ses shows en direct qui récoltaient à chaque fois des dons et de nouveaux « fans » ? Serait-il contraint de contacter OF pour que le site lui fournisse une attestation de progression d'abonnés ? Paul avait tout l'argent qu'il voulait, et tout ce qu'il gagnait était dûment déclaré tant à l'Urssaf qu'aux impôts, mais dans la vie sociale il avait toujours l'impression d'être un paria.

« C'est désespérant ! » avait-il lâché après avoir rejoint Arthur, le garçon avec lequel il avait fait un plan à trois aux côtés de Clément. Ils s'étaient retrouvés au musée des Arts décoratifs qui organisait une exposition sur Iris van Herpen, une créatrice de mode néerlandaise.

« Sans blague, j'ai gagné près de 10 000 euros brut le mois dernier, reprit Paul, mais on dirait que je suis toujours considéré comme un clochard. C'est une malédiction… J'ai limite la sensation que j'aurais eu plus de chances d'avoir un crédit lorsque j'étais smicard chez Franprix, c'est du délire.

– Peut-être qu'il faudrait que tu tombes sur un banquier compréhensif.

– Compréhensif ?! Ça ne me semble pas être dans l'ADN de ces gens. »

Iris van Herpen habillait les plus grandes stars du monde, avec des robes sur mesure classées dans la catégorie de la haute, de la très haute couture. Paul n'avait jamais rien vu d'aussi beau, dans ce domaine, en dehors peut-être des créations de la maison Schiaparelli, qui avaient elles aussi été exposées dans ce musée, se souvenait-il.

Arthur semblait vraiment vouloir l'aider.

« Si tu vas chez quelqu'un de la communauté, quelqu'un d'ouvert d'esprit, peut-être que tu pourras obtenir des résultats, ou au moins avoir une oreille attentive.

– Ah ouais ? Et tu la trouves comment, la perle ?

– Mon cousin est gay, et militant. Il est directeur d'agence chez Crédit du Parc. J'peux toujours lui en parler, si tu veux. »

Arthur lui fila le numéro de son cousin. Dès le lendemain, Paul l'appela, et après un rapide échange téléphonique, le type accepta effectivement de le recevoir pour étudier son dossier. Il ne lui garantissait rien, mais il avait déjà eu affaire à des cas similaires – des travailleurs du sexe qui n'avaient pas de fiches de paie mais qui pouvaient démontrer des revenus réguliers sur la durée.

Paul s'était donc rendu un samedi matin dans les Yvelines avec une chemise remplie de documents de toutes sortes : relevés Urssaf, feuilles d'impôt, décompte OnlyFans, et même des captures d'écran montrant l'évolution de son nombre d'abonnés sur plusieurs semaines. Il y avait aussi des clients réguliers qui avaient accepté de lui fournir des attestations de « prestation » signées de leur main.

« Bonjour, monsieur, vous devez être l'ami d'Arthur. Enchanté de faire votre connaissance. Suivez-moi, nous allons nous installer dans mon bureau. »

Le mec semblait sympathique et avait d'emblée proposé un café à Paul, ce qu'il avait accepté.

« J'ai cru comprendre que vous aviez des difficultés à obtenir un crédit malgré des revenus importants, si je ne m'abuse ?

– Voilà, c'est-à-dire que je…

– Ne vous inquiétez pas, je vais regarder tout cela, vous devez avoir des documents à me remettre, j'imagine. »

D'habitude, les banquiers ne prenaient même pas la peine de jeter un œil aux papiers qu'il apportait lors des rendez-vous. C'était inespéré d'avoir ne serait-ce que la possibilité de tenter sa chance.

« Voilà, ici, ce sont mes relevés Urssaf, là, les fiches de…

– Donnez-moi tout ça, je vais me débrouiller. »

Paul tendit le paquet de feuilles au gars, qui se mit à les ausculter. L'opération dura de longues minutes. Paul avait l'impression de jouer sa vie.

« Vous pouvez me préciser un peu le contour de cette activité digitale ? demanda le type, en le fixant droit dans les yeux.

– Le contour de l'activité OnlyFans ? »

Paul se demandait comment il allait pouvoir décrire son travail sans avoir à se lancer dans de scabreuses considérations. Mais le gars était censé connaître sa situation, au moins dans les grandes lignes.

« Euh… oui, j'imagine qu'on parle de la même chose, c'est l'activité qui fonctionne sur abonnement, si j'ai bien compris. Et qui vous rapporte environ la moitié de vos revenus, c'est ça ? »

Paul se sentait en confiance. Après tout, il n'avait rien à perdre ; il ne s'agissait pas d'un interrogatoire, quoique la forme eût été la même, mais d'un simple échange au sujet d'une demande de prêt.

« Oui. Comme Arthur a dû vous le dire, je suis escort. Je travaille de manière indépendante, en dehors de tout réseau, bien sûr, et je…

– Comment trouvez-vous vos clients ? »

Paul avala sa salive.

« Euh… sur des sites spécialisés. Des sites tout à fait officiels comme HUNQZ, mais il y en a d'autres.

– D'accord, je vous écoute. »

Le type ne se montrait pas vraiment agressif, il souhaitait simplement aller au fond du sujet, pour se faire une idée précise de la situation. C'est en tout cas ce que Paul se disait.

« Voilà… Et donc, une fois la mise en relation effectuée, je reçois les clients directement chez moi, on me paye en liquide, généralement, parfois par chèque, et ensuite je déclare tout sur mon compte autoentrepreneur tous les mois, et je cotise évidemment, comme un prestataire de services, en fait.

– Et vos clients sont réguliers ?

– Oui, la plupart d'entre eux, en tout cas. Mais c'est vrai que dans ce secteur, rien n'est jamais garanti, il y a parfois des clients qui déménagent, d'autres qui n'ont plus les moyens de payer, d'autres qui veulent aller voir un collègue… »

Paul espérait quand même que le mec ne lui demanderait pas plus de détails, il n'était pas très à l'aise avec le ton de la discussion et ses questions intrusives. Avec des inconnus, il pouvait parler de son travail tout à fait librement, sans gêne aucune, mais face à un banquier, à celui qui pourrait peut-être procéder à l'instruction de son dossier, la tension n'était pas la même.

« Je vois. Et… donc, cette autre activité ? OnlyFans, vous dites ?

– Oui, celle-ci, c'est beaucoup plus stable, dans la mesure où c'est une agrégation de centaines d'abonnés qui me versent chaque mois 15 euros environ. »

Paul tentait de se limiter aux aspects techniques et financiers de son travail. Mais le banquier n'avait pas terminé son investigation.

« En échange de quoi ? demanda-t-il.

– Eh bien, en échange d'un accès à mon compte qui leur donne des contenus privés, comme des photos, des vidéos, des live…

– Et c'est donc une somme qu'ils versent chaque mois, sans exception ?

– Oui, tant qu'ils sont abonnés, la somme est débitée et, moyennant la commission de 20 % que prend le site, ça rentre dans ma poche, si j'ose dire, mensuellement.

– C'est comme Netflix, votre truc ! » s'exclama le gars. Le sourire qui s'afficha sur son visage eut tendance à rassurer Paul. Ce n'était pas une partie de plaisir mais la discussion avançait et semblait prendre la bonne direction. Tant qu'elle se poursuivait, cela signifiait que rien n'était perdu, que rien n'était mort quant à la faisabilité de l'opération de crédit.

Paul reprit : « C'est comme une plateforme de streaming, en effet. Et ce qui est bien, c'est que même s'il y a des désabonnements, je gagne toujours de nouveaux abonnés, et surtout, il y a une base très solide de personnes qui me suivent et qui me versent des dons additionnels, ce qui veut dire que je ne dépends pas d'un petit groupe de trois ou quatre, il y a un risque qui est réparti sur un grand ensemble, vous voyez… »

Paul venait d'abattre sa principale carte, il le savait. C'était le moment de vérité.

« Vous parlez comme un banquier ! C'est exactement ça que je voulais savoir, Paul. » Le type commençait à l'appeler par son prénom, ce devait être bon signe. « Nous, en interne, on se fiche totalement de savoir si l'activité est celle que vous décrivez, tant évidemment qu'elle n'est pas illégale et qu'elle fait l'objet d'une déclaration auprès du service des impôts et des organismes sociaux. Ce qui peut coincer, c'est le fait que vous ne soyez pas salarié, mais vu le chiffre d'affaires que vous semblez avoir et le risque qui semble assez bien réparti, de ce que j'entends, je pense que votre dossier pourrait passer. »

Un frisson traversa le corps de Paul, des pieds à la tête.

« Vraiment ? Mais c'est génial ! Vous n'imaginez pas combien ça me rend heureux ! Ça fait des mois que j'ai ce projet d'achat, et malgré toutes mes tentatives, à chaque fois, j'ai l'impression qu'on me rit au nez…

– Je ne peux pas vous garantir à 100 % que la banque se positionnera positivement, entendons-nous, mais si vous êtes en mesure de me fournir tous ces justificatifs sur les douze derniers mois, avec une bonne explication de mon côté, je pense que ça peut passer. Mais vous avez un bon apport, à côté ?

– Oui, si tout continue comme je le souhaite, je devrais pouvoir monter à 40 % d'apport d'ici trois ou quatre mois.

– C'est très bien. Plus vous vous rapprocherez des 50 %, plus vous serez certain de décrocher le prêt, j'peux vous le dire. »

Paul s'y voyait déjà, dans son appartement. Il était sur le point de franchir le Rubicon, de quitter définitivement sa condition misérable. Investir dans la pierre, a fortiori pour acquérir sa résidence principale, c'était le rêve de la plupart des gens. En devenant propriétaire, on se mettait à l'abri de la vie, pensait Paul, on sortait de la galère de manière souvent définitive.

« C'est fantastique ! Vous ne savez pas à quel point ça me motive pour la suite, poursuivit Paul. D'autant plus que j'ai aussi un projet entrepreneurial, donc, clairement, ça pourrait être le début de quelque chose de fort. C'est tellement rare qu'on me fasse confiance… »

Le gars esquissa un sourire, mais semblait en attente d'autre chose.

« Vous avez peut-être d'autres questions ? Ou besoin d'un document supplémentaire ? demanda Paul, sentant un malaise s'installer.

– Pour moi, tout est clair, je transmettrai les informations sur le projet dès demain. Mais de votre côté, si vous avez un élément qui me permettrait de conforter mon choix, n'hésitez pas. »

Paul fronça les sourcils, d'un air confus.

« Mais… c'est-à-dire… »

Le type recula légèrement sa chaise puis se mit à écarter les jambes, et se toucha le sexe avec la main.

« Peut-être qu'un geste de votre part serait approprié, reprit le bonhomme, histoire de fluidifier tout ça. Un dossier de crédit, c'est vrai que c'est long et complexe, mieux vaut être sûr qu'on n'a rien oublié. »

Paul ne voulait pas le croire.

« Mais… d'accord… pourquoi pas, écoutez, mais quand est-ce que vous souhaiteriez que je vous propose cela ? Je peux vous laisser mon numéro, si vous voulez…

– Ferme ta gueule, Paul, arrête de minauder. On m'a dit que tu étais une grosse salope, alors si t'y tiens vraiment, à ton dossier de prêt et à ton projet d'appart, tu ferais mieux de venir me sucer maintenant, j'ai un autre rendez-vous dans quinze minutes. »

En silence, Paul s'exécuta.

# 14

Le compte Twitter de Clément avait été soudainement bloqué. « Ces fils de putes ont fait *shut down* mon profil ! » Une engueulade était intervenue entre le garçon et des internautes hystériques qui passaient leur temps à pourrir son compte de commentaires négatifs, parfois injurieux. Jaloux de son succès sur les réseaux et sur OF, ils n'arrêtaient pas de dénigrer ses publications, sans raison aucune : « Tu te crois beau avec ton grain de peau acnéique ? On dirait un ado qui n'a pas fini sa puberté ! » ; « Et ton cul ? Tu le penses baisable ? Je préfère encore m'envoyer mon oncle obèse que de taper dans un mec comme toi » ; « Alors, ton maquereau ne fait pas de live avec toi, ce soir ? T'es toute seule, ma petite chatte ? »

Les attaques se succédaient depuis des semaines, à coups de plusieurs dizaines de messages par jour. Alors un soir, Clément, pris d'un coup de sang, les avait tous insultés individuellement. Quelques heures plus tard, son compte avait été suspendu par la plateforme, ce qui était bien entendu l'objectif des harceleurs. Autant il était possible de tyranniser une personne des mois durant sans être inquiété sur les réseaux, autant un « gros connard » ou un « ferme ta gueule, bâtard » pouvait entraîner le bannissement immédiat...

Clément avait rapidement fait appel de la décision mais les probabilités de réactivation de son profil restaient faibles, dans la mesure où plusieurs messages d'injures avaient effectivement été envoyés de son compte, puis dûment rapportés à l'équipe dédiée de Twitter.

« On utilisera mon compte pour promouvoir ton OF, ne t'inquiète pas », avait tenté de le rassurer Paul, en rejoignant Clément au Ju', un bar du Marais qu'ils fréquentaient souvent depuis que l'insupportable Dépanneur avait encore augmenté ses tarifs. Mais Clément savait bien que Twitter était un relais essentiel pour communiquer, puisque c'était le seul réseau grand public qui autorisait la diffusion de contenus explicites.

« Vous n'avez pas l'air bien, les gars », lança Antoine, le responsable du bar, qui était venu prendre leur commande. Les deux garçons demandèrent deux spritz, avec une assiette de frites.

Quelques minutes plus tard, un type vint s'asseoir à quelques mètres d'eux. Paul l'identifia aussitôt.

« Tu le connais ? demanda Clément.

– Ouais, c'est le cousin d'Arthur, tu sais, qui veut

m'aider pour mon dossier de prêt. Mais je ne le sens pas.

– Ah oui ! C'est vrai, je m'en souviens. Ça a donné quoi, d'ailleurs ? Tu ne m'as pas dit.

– Bah écoute, ça devrait le faire, mais le mec n'est pas super réglo…

– C'est-à-dire ?

– Il m'a forcé à le sucer.

– Quoi ? Mais où ?!

– Dans son bureau, quand je suis passé le voir à son agence.

– Mais tu es dingue d'avoir accepté. Y a des limites, on n'est pas non plus des morceaux de viande. »

Le banquier n'arrêtait pas de fixer Paul d'un air pervers. Il portait une atroce chemise à rayures et une veste bon marché. Antoine avait remarqué son attitude et se montrait prêt à intervenir. Mais Paul lui fit signe de laisser tomber. Il le voulait, son prêt.

« T'as pas vu les nouveaux chiffres de l'inflation ? reprit Paul. Ça continue de flamber un peu partout. Alors faut que j'me grouille, si je veux acheter, avant que les taux d'intérêt explosent. T'imagines si j'me fais aussi dégager de Twitter ? Ce sera la fin !

– Ne parle pas de malheur. »

Les deux garçons avaient rendez-vous à 15 heures non loin de là, dans une petite rue du IIIe arrondissement, pour visiter un appartement que Paul avait repéré sur SeLoger et qui lui plaisait bien. L'agent immobilier les attendait en bas de l'immeuble. Il s'agissait d'un jeune homme qui avait l'air tout droit sorti du lycée, un lycée technique, probablement – c'était une profession constituée pour l'essentiel de personnes peu ou pas diplômées du tout, ce qui pouvait d'ailleurs sembler paradoxal vu les montants des transactions qu'il s'agissait d'accompagner dans ce secteur d'activité. « Pas mal, le mec. Tu crois que c'en est un ? » avait lâché Clément, ostensiblement.

Le bien était un vieil appartement plutôt décrépit mais qui avait l'avantage d'être idéalement situé ; l'endroit était par ailleurs calme et très lumineux. « Vous avez une pièce à vivre de 22 mètres carrés, une cuisine qu'il est possible d'ouvrir pour agrandir encore l'espace. Suivez-moi, je vais vous montrer la chambre. »

« J'suis sûr qu'il en est, t'as vu comment il roule du cul », s'exclama Clément qui était vraiment devenu un obsédé, depuis qu'il pratiquait le sexe du matin au soir et du soir au matin. Paul esquissa un sourire.

« Et voilà donc la chambre, poursuivit l'agent. Douze mètres carrés mais avec une jolie vue sur jardin et une large fenêtre, comme vous pouvez voir, avec la salle de bains attenante. Vous serez bien, tous les deux, ici », ajouta-t-il en les regardant d'un air complice. Paul marqua son étonnement.

« Je vous avais dit que c'était pour nous deux ?

– Euh… non, vous m'avez dit pour vous, mais j'me suis douté que… enfin… vous voyez.

– Non, je ne vois pas trop. Ça vous arrive souvent de faire des phrases déplacées, pendant les visites ? commenta Paul, agacé.

– Ah non ! Mais monsieur, je ne voulais surtout pas dire ça… Comprenez-moi…

– Pourtant vous l'avez dit. »

L'agent ne savait manifestement plus où se mettre ; il n'avait pourtant pas voulu mal faire.

« Écoutez, je suis vraiment désolé, ajouta-t-il, si j'ai eu une parole déplacée, ce n'était vraiment pas mon intention, mais vous aviez l'air si mignons tous les deux que bêtement, je me suis dit que…

– Que quoi ? renchérit Clément, qui s'avança vers le mec, menaçant.

– Eh bien, que…

– Que quoi ? » insista Paul. L'agent était en train de se décomposer.

« Que…

– Qu'on s'enculait ? demanda Clément, à quelques centimètres du visage du type.

– Eh bien… Je ne sais pas, mais… »

Paul semblait à deux doigts d'en venir aux mains : « Ça vous dégoûte, deux mecs qui s'enculent ?

– Absolument pas, bien au contraire… »

Clément posa sa main derrière le dos du garçon, qui se mit à trembler. « C'est bien ce qu'on pensait, reprit

Paul. D'ailleurs, vous avez un autre rendez-vous, après nous ? »

Les trois mecs se lancèrent dans une sauvage partie de jambes en l'air qui n'était en réalité pas si improvisée que cela – Clément et Paul portaient des jockstraps en toutes circonstances et se tenaient toujours prêts à baiser, quelle que soit la situation, quel que soit le lieu, quelle que soit leur humeur aussi. Ils n'étaient d'ailleurs pas peu fiers de l'avoir déjà fait dans un RER à l'heure de pointe, sur les marches d'une église après une messe à laquelle ils avaient assisté, et sur les parkings de plusieurs grandes surfaces : Super U, Lidl, Carrefour, Auchan. Ils s'y adonnaient le plus souvent de nuit mais parfois aussi en plein jour, car cela faisait de meilleures images, plus nettes et plus claires, pour leurs comptes OnlyFans respectifs. Comme des *workaholics* californiens, ils ne s'arrêtaient jamais de bosser : ils pensaient sexe, ils mangeaient sexe, ils dormaient sexe, et c'était probablement ce qui expliquait leur succès. Au sein des créateurs OF, ils occupaient une place à part, celle de passionnés – il était en effet possible de se passionner pour le cul de la même manière qu'on s'intéressait au vin de Bourgogne, aux sacs de luxe ou aux grosses bagnoles –, et leurs abonnés raffolaient des vidéos filmées dans des endroits insolites et selon des modes inattendus : à l'arrière d'un camion de livraison, dans une salle de cinéma pendant la projection d'une comédie à la con avec Dubosc ou Michaël Youn, ou dans un merdique bureau de poste. L'intérêt des internautes pour le sexe était parfois sans limite, certains s'envoyant deux, trois, voire quatre heures de porno par jour pour calmer leurs frustrations et apaiser, fût-ce temporairement, leurs craintes et leurs angoisses. Paul et Clément savaient qu'en faisant tout ça pour eux, ils jouaient un peu le rôle de psys, des psys attentionnés qui, au lieu de donner du complexe d'Œdipe et des leçons de morale à la va-vite, prodiguaient du plaisir immédiat sous forme de divertissement, avec une efficacité équivalente à celle d'une session sur le divan ou, dans un autre genre, d'un cachet de Xanax.

Felix, l'agent immobilier, était particulièrement bien monté, et en tant que versatile, il savait jouer tous les rôles. Actif, passif, soumis, dominateur, il n'avait commencé son activité d'intermédiaire immobilier que quelques mois auparavant, d'après ses dires, mais en matière de cul il laissait supposer qu'il en savait bien davantage que sur les conditions d'octroi d'un prêt ou le budget des travaux qu'il fallait prévoir pour remettre en état un appartement comme celui-là, a fortiori une passoire thermique.

« Il aurait un succès incroyable sur nos vidéos, avait murmuré Paul à l'oreille de Clément, pendant que Felix les enchaînait l'un après l'autre comme un barbare. Je ne pense pas qu'il ait conscience de sa vraie valeur… Faudrait comparer ce qu'il gagne actuellement avec ce qu'il pourrait faire avec nous, surtout qu'il doit bosser à la commission, son fixe ne doit pas être bien lourd… »

La question de la monétisation du corps était devenue tellement obsessionnelle pour les deux amants qu'ils ne pouvaient s'empêcher de jauger le potentiel économique de chaque personne qu'ils croisaient. Et cet exercice intellectuel, ils ne l'effectuaient pas exclusivement par opportunisme dans l'objectif de faire grossir leurs propres activités digitales, le cas échéant via des partenariats. Il y avait aussi une véritable tristesse à voir de jeunes garçons si fortement dotés en capital rose qui n'en tiraient toutefois pas le moindre profit. Les autres activités économiques présentaient des avantages indéniables par rapport au porno, en particulier l'absence de risque en termes d'image, mais elles offraient souvent de faibles rémunérations pour des tâches ennuyeuses, ingrates et rébarbatives. Ils étaient ainsi devenus des évangélistes du business du sexe, qu'ils voyaient comme un moyen concret de sortir de la servitude pour toutes les classes laborieuses de leur entourage.

Après la baise, l'agent immobilier fit mine de reprendre un ton sérieux – il avait pourtant encore un peu de foutre sur les cheveux. En reboutonnant sa chemise, il tendit sa carte de visite à Paul : « N'hésite pas à me rappeler lorsque tu voudras faire une offre, je te garde l'appart au chaud pendant quelques semaines, pour que tu aies le temps de préparer ton dossier. »

De retour chez lui, en fin d'après-midi, Paul avait croisé près des boîtes aux lettres une voisine de son immeuble, qui d'ailleurs faisait elle aussi partie des investisseurs du chantier d'en face. D'habitude joviale, quoique faussement sympathique, elle ne cacha pas sa froideur cette fois-ci, et ne répondit même pas à l'hypocrite « bonjour, madame » qu'il lui lança. « Connasse », avait-il lâché en se dirigeant vers son appartement.

La plupart des habitants de l'immeuble se doutaient de l'activité d'escorting que Paul pratiquait. Car si, au tout début, il s'en cachait pour ne pas éveiller l'attention et par respect pour ceux qui ne partageaient pas ses mœurs, depuis quelques mois il ne prenait plus aucune précaution. Il savait que ce qu'il faisait n'était pas illégal, et dans la mesure où son logement était suffisamment insonorisé, il ne provoquait pas non plus de troubles de voisinage ; dans ces conditions, il ne pouvait pas davantage être accusé de racolage.

Son activité était même devenue une source d'amusement dans les parties communes : ses clients croisaient parfois des voisins qui se doutaient bien de la raison de leur visite. On reconnaissait facilement un client d'escort à sa démarche gauche, à son attitude maladroite, et à son visage gêné. Parfois, certains d'entre eux recevaient même des remarques de la part des résidents : « Bonne baise ! », « Ne faites quand même pas trop de bruit. » De temps en temps, des voisins assistaient même le bonhomme pour qu'il trouve plus facilement l'appartement de Paul : « C'est par ici, au bout du couloir. » En réalité, la plupart ne voyaient rien à redire concernant son sulfureux travail, il s'agissait avant tout de bobos qui, même si une partie d'entre eux restaient indécrottablement étriqués sur un plan moral, n'étaient pas non plus animés par la passion la plus morbide de toutes : celle de la dénonciation. Tout au plus, Paul recevait parfois des mots, anonymes le plus souvent, lorsqu'il avait mis la musique trop fort. Mais en dehors de cela, son boulot, à défaut d'être apprécié, était toléré.

L'hostilité à son égard restait en revanche plus que jamais intacte du côté des investisseurs de l'immeuble d'en face : ils se rappelaient les nombreuses réclamations que Paul avait formulées au sujet du bruit provoqué par le chantier, et depuis, une haine définitive s'était développée contre lui. « Vous verrez, un jour, on appellera tous les flics, et vous serez embarqué pour racolage ! » avait menacé une vieille, qui avait manqué de se casser la gueule en arrière, en pointant du doigt le visage de Paul. « N'allez pas vous briser la nuque, ma bonne dame, ce serait dommage. Un accident est si vite arrivé, à votre âge… », avait-il répondu, avant de retirer son courrier.

En moins de six mois, Paul avait réussi à se taper la plupart des mecs qui habitaient son immeuble – plans soft compris, c'est-à-dire avec pipe, mais sans qu'il y ait forcément pénétration. Et si 80 % d'entre eux se disaient officiellement hétérosexuels bien sûr, ils devenaient malgré tout de vraies petites salopes lorsqu'ils passaient prendre du bon temps chez l'escort du rez-de-chaussée. Les mises en relation s'étaient faites essentiellement par le bouche-à-oreille : très peu d'hommes utilisaient en réalité les sites d'escorting professionnels. Mais au détour d'une porte ou lorsque des voisins se recevaient entre eux, pour un apéro ou une partie de Scrabble, les discussions se faisaient plus précises, et lorsqu'un bonhomme se plaignait de sa vie sexuelle « absente » ou « tristounette », un autre lui répondait parfois : « J'ai peut-être une solution pour toi, et c'est vraiment tout près. » Certains clients indiscrets avaient fourni ces informations à Paul, qui s'amusait de constater que le monde « majoritairement » hétérosexuel dont on parlait à longueur de temps était en fait constitué d'un nombre vertigineux de pédales refoulées qui, face à un cul soigné et imberbe, fût-ce celui d'un homme, n'hésitaient jamais à sortir leur queue. Lorsqu'elles l'apprenaient, les conjointes des intéressés jouaient souvent les offusquées, mais certaines d'entre elles étaient en réalité soulagées de ne plus avoir à s'occuper de leur mari déclinant qui ne leur inspirait parfois que le dégoût. Paul leur rendait aussi service, à ces dames.

La clientèle qu'il appréciait le plus était celle des hétéros passifs, qui après leur journée de manager cisgenre en costard-cravate n'avaient plus envie que d'une chose : se faire retourner par des minets. Il s'agissait le plus souvent d'hommes mûrs, friqués, surdiplômés, et particulièrement masculins dans leur apparence : ils portaient souvent la barbe, avaient des voix graves et des jobs très étroitement associés aux symboles classiques de la masculinité : avocats d'affaires, financiers, ingénieurs. Mais lorsqu'ils arrivaient chez Paul, après avoir passé douze heures de suite à manager des équipes de dizaines de personnes, ils ressentaient comme un trop-plein d'autorité, et se mettaient docilement à quatre pattes, dans des positions d'ultra-soumission, et demandaient qu'on les insulte. « Dis-moi que j'suis une grosse tante, baise-moi le fiac comme la grosse salope que je suis, traite-moi de pute, de traînée, de folle, de tantouze ! Et pisse-moi dessus, Paul, s'il te plaît, pisse-moi dessus, je suis ton esclave. »

C'étaient de loin les meilleurs clients : ils payaient bien, ne manquaient jamais un rendez-vous, et surtout, ils étaient fidèles, les pépères. La plupart de ces types souffraient d'un tel manque d'affection qu'ils envoyaient sans arrêt des messages à Paul, durant la journée : « Tu me manques » ; « J'ai envie que tu me soumettes, maintenant » ; « Traite-moi de chienne, je suis qu'une merde ». L'un d'entre eux lui avait même proposé de l'emmener en voyage à Venise, mais Paul avait dû décliner l'invitation. « Désolé, j'ai beaucoup de boulot. Vous êtes trop nombreux. »

C'était la belle vie pour Paul, qui ne s'était jamais senti aussi important, aussi reconnu dans son travail, et surtout aussi utile. Mais dans un pays comme la France, encore largement imprégné de pesantes « valeurs » chrétiennes – même si plus personne n'allait à la messe –, le sexe et l'argent constituaient des totems et leurs thuriféraires étaient perçus comme des figures diaboliques.

# 15

Sans grande surprise, Paul avait fini par être convoqué par la police au sujet de la disparition de Bruno. Aucun lien direct entre eux n'avait pu être formellement établi ; mais l'activité d'escorting de Paul était suffisamment connue pour qu'elle attire l'attention des services de l'État.

L'échange avec l'officier s'était bien passé : il s'était contenté d'interroger Paul sur ce qu'il faisait au moment de la disparition de Bruno, or, ce jour-là, il avait eu plusieurs autres rendez-vous avec des clients, à son appartement, et il pouvait le prouver. Beaucoup de mecs s'étaient en effet succédé chez lui, pendant un laps de temps limité – quelques heures seulement –, et il disposait bien entendu de tous les messages sur son téléphone pour étayer ses propos. Il détenait là un précieux alibi, surtout que Paul n'avait jamais entretenu de lien régulier avec la victime : il la croisait parfois dans les parties communes de l'immeuble mais il ne l'avait vue qu'une seule fois en tant que client, précisément le jour où il avait décidé de lui trancher la gorge. La suspicion était d'autant moins caractérisée que le corps de Bruno, qui devait s'être décomposé tranquillement en attendant, n'avait toujours pas été retrouvé. Paul eut simplement à justifier qu'il ne s'adonnait pas à du racolage, qu'il n'appartenait à aucun réseau de proxénétisme et qu'il déclarait effectivement les revenus de ses passes. Il n'avait donc strictement rien à craindre.

Les tensions à son encontre continuaient en revanche, sur Twitter, et de façon croissante. Malgré la suspension du compte de Clément, la popularité de Paul agaçait toujours nombre d'anonymes, en particulier des gays qui ne s'assumaient pas et qui vivaient comme un affront la sexualité ouverte et perçue comme débridée de l'influenceur trash. « T'as pas honte de gagner ta croûte en te montrant à poil toute la journée ? » Mais l'époque avait changé : désormais, de moins en moins de gens, en particulier chez les jeunes générations, voyaient d'un mauvais œil le fait de vouloir rentabiliser un profil OnlyFans. Il faut dire que tout le monde connaissait plus ou moins dans son entourage une personne qui vendait ainsi son cul sur Internet, souvent sous pseudo, il pouvait s'agir d'un frère ou d'une sœur, d'une lointaine tante, d'un prof de tennis, d'un pote étudiant, d'un cousin pompier, d'un collègue de la compta, qu'importe : on observait partout une extension du domaine du sexe que personne ne pouvait stopper, car chacun prenait progressivement conscience de la valeur de son capital rose, dans un contexte où la population française ne cessait par ailleurs de se paupériser. En ligne, Paul pouvait donc assumer totalement ses intentions et ses motivations.

Un nouveau jeu était ainsi apparu selon lequel toute personne qui versait un don à Paul ou à Clément avait ensuite droit à un like sur son propre compte Twitter, ou un retweet en fonction de la somme versée : c'était une variation de ce qu'on appelait le « findom » pour « financial domination ». La pratique, d'inspiration fétichiste, n'avait pas de limite théorique puisque le principe consistait en fait à traiter le créateur de contenu comme un maître, et les autres, ceux qui le suivaient, comme des esclaves. Une part substantielle des abonnés de Paul étaient déjà des adeptes de BDSM – bondage, domination, soumission, sadomasochisme –, les opportunités de profit devenaient ainsi quasi illimitées. Il y avait régulièrement de nouveaux mecs qui découvraient en effet son compte au gré de l'algorithme et certains d'entre eux souhaitaient récolter un trophée – un like personnel – de la part du « femboy » qui les faisait tant fantasmer.

Ce qui excitait ces internautes si particuliers, c'était précisément l'échange direct, fût-il purement virtuel, entre une somme d'argent et une récompense « sexuelle ». Et même si le fait de liker ou de retweeter un message ne constituait pas une prestation physique à proprement parler, les fétichistes trouvaient là une véritable source de jouissance. Au départ, Paul et Clément, qui ignoraient les opportunités de ce créneau de marché, se contentaient de poster des photos de leurs pieds, en chaussettes – un grand nombre de mecs en raffolaient, sur le Net. Puis ils avaient essayé de vendre leurs sous-vêtements usagés, de s'habiller avec des fringues en cuir, et progressivement, ils avaient commencé à intégrer les codes de cette sous-culture du Web. Dans la même veine, Arthur leur avait parlé d'un nouveau genre qui se développait en ligne : le fétichisme bancaire. Contrairement à l'escorting, et au principe de fonctionnement habituel d'un compte OF, c'était le simple versement d'argent à un « maître » qui avait la faculté de satisfaire les « esclaves », c'est-à-dire ceux qui payaient. Ainsi, dans le findom authentique, la gratification sexuelle n'était ni physique, ni caractérisée par l'envoi de photos dénudées, ni matérialisée par le fait de donner un like. Ceux qu'on appelait les « cochons », ou « pigs », prenaient du plaisir dans le simple fait de se soumettre, de se laisser insulter, et de verser à leurs maîtres des sommes d'argent sans contrepartie aucune.

Paul s'était d'abord montré dubitatif face à cette pratique qui lui semblait, à juste titre, autoriser des formes de fraude. Mais des fraudes consenties et en quelque sorte réclamées par les intéressés en étaient-elles vraiment ? Arthur et surtout Clément avaient insisté, au point de lui faire admettre que le fétichisme était après tout un délire comme un autre et qu'il n'y avait pas de principe moral particulier qui puisse s'y opposer. Malgré tout, si les internautes concernés – une bonne cinquantaine – se réjouissaient de cette nouvelle forme de jeu, d'autres y voyaient une preuve supplémentaire de l'infinie cupidité de cette dyarchie, qui revêtait parfois les apparences d'un triumvirat, lorsque Arthur se mettait aussi en scène.

Grâce au findom, Paul et Clément avaient ajouté une nouvelle source de revenus à leur activité, ce qui leur permettait de répartir davantage les risques et d'envisager de plus en plus sérieusement l'achat d'un appartement. Le fétichisme était néanmoins une pratique chronophage, puisqu'elle supposait d'entretenir au quotidien les relations avec les esclaves digitaux, qui réclamaient sans cesse des messages privés et des discussions pour alimenter leurs fantasmes. Tout était enjeu de pouvoir : les soumis avaient besoin d'être dévalorisés et dégradés pour ne pas sortir du jeu sexuel. L'objectif, c'était de bâtir une illusion crédible qui devait se sentir à tous les échelons de la relation : dans la manière de parler, dans les insultes, dans les ordres donnés aux soumis. Paul et Clément passaient ainsi plus de deux heures par jour, parfois davantage, à cultiver une image de maîtres intraitables. Et pour varier les formes de rétribution qu'ils proposaient, ils avaient également posté une liste de souhaits (*wishlist*) reliée à Amazon, en tête du compte Twitter de Paul, de façon à pouvoir recevoir des cadeaux physiques de la part de leurs insatiables pigs.

Clément avait un jour reçu 800 euros de la part d'un Anglais quinquagénaire qui l'avait repéré sur OF. Il souhaitait entretenir une relation « pérenne » avec lui, ce qui supposait que des paiements du même type pourraient avoir lieu à l'avenir, dans le cadre du rapport maître-esclave. C'était le summum du business, du « business art » selon la formule warholienne : il s'agissait de facturer à des « clients » des prestations qui n'existaient pas et qui, surtout, n'étaient même pas réclamées par les payeurs. Le capital rose n'était pas comparable aux autres types d'actifs, qu'il s'agisse du capital économique au sens de Marx ou du capital social à la Bourdieu ; c'était une richesse en soi, dont la plupart des gens ignoraient jusqu'à l'existence mais qui pouvait, dans des circonstances bien précises, générer des sommes d'argent considérables qui n'étaient pas forcément corrélées à des efforts de la part de ceux qui la manipulaient. Chacun disposait en réalité d'une part de ce capital, dans des proportions il est vrai variables, mais le marché du sexe était si vaste que même les profils a priori moins convoités – les vieux, les gros, les moches – pouvaient malgré tout le faire fructifier, à charge pour eux de découvrir sur le Net la tribu à laquelle ils pouvaient se rattacher.

Indépendamment de Twitter, le site Recon, spécialisé en fétichisme, permettait de trouver de nouveaux clients. Et si le findom n'était pas la démarche la plus recherchée, en pratique, les adeptes les plus féroces des relations maître-esclave se laissaient parfois convaincre, dans la mesure où la sensation de soumission totale qu'il générait pouvait installer une atmosphère enivrante, appréciée par les soumis. Paul avait l'impression de retrouver ces spécimens chez certains de ses clients d'escorting, ceux-là mêmes qui adoraient se faire humilier, uriner dessus et fister. Mais les Français, fidèles à leur réputation de rats, se montraient généralement trop radins pour s'adonner avec ardeur au findom, qui se pratiquait en revanche bien plus facilement, et même couramment, dans les pays anglo-saxons. C'est pourquoi Paul tweetait la plupart du temps en anglais pour pouvoir aguicher sa clientèle la plus motivée.

Dans le findom, mais aussi dans d'autres pratiques fétichistes, la monétisation de la chair était poussée à l'extrême : certes, la beauté des dominants restait un critère de choix important pour les soumis, mais l'absence de prestation sexuelle véritable, fût-ce par écran interposé, aboutissait à une puissante intellectualisation du corps. Les esclaves avaient envie d'être maltraités par des personnes « belles », mais sans vouloir à aucun moment accéder à leur matérialité. La jouissance était de ce point de vue purement abstraite, et non charnelle. « Avec ces clients, j'ai l'impression qu'on devient une sorte d'actif financier, d'artefact vivant », disait

Paul, lorsqu'il essayait de décrire ce que son corps était devenu.

De son côté, Clément dépensait de plus en plus d'argent dans l'acquisition de vêtements et d'accessoires divers. Chaque vendredi, il partait avenue Montaigne et s'achetait une ou plusieurs nouvelles pièces : une écharpe Loewe, une casquette Gucci, un sweat-shirt Balenciaga… Et bien souvent, il revendait quelques jours plus tard les articles sur Internet lorsqu'ils ne lui convenaient plus. « T'es dingue de claquer autant de thune là-dedans ! » lui reprochait Paul, qui faisait quant à lui attention à chacune de ses dépenses. Leur rapport à l'argent n'était pas le même. Paul prenait du plaisir dans l'investissement à long terme, d'où son obsession maladive pour l'immobilier, alors que Clément se vautrait dans la consommation ostentatoire ; mais il savait y faire et, souvent, il parvenait même à revendre ses produits usagés à un prix supérieur à celui auquel il les avait achetés : soit parce qu'il pouvait s'agir de pièces recherchées, comme des sacs Hermès, soit parce qu'il arrivait à dégoter un fétichiste qui était prêt à payer une prime pour avoir le droit de porter un vêtement déjà utilisé… « C'est de l'économie circulaire ! » s'amusait à dire Clément, qui pouvait parfois dépenser jusqu'à 5 000 euros par mois en fringues – il en récupérait en moyenne plus de la moitié grâce aux reventes.

Paul trouvait le comportement de Clément quelque

peu indécent. Il restait pour sa part focalisé sur ses ambitions immobilières et, mises bout à bout, ses activités lui avaient permis de récolter la somme minimale qu'il souhaitait présenter dans le cadre de son dossier de crédit : 40 % d'apport avec son épargne personnelle, et cela après prise en compte des provisions pour impôts qu'il avait d'ores et déjà constituées. Il avait ainsi recontacté Felix, qui lui avait en quelque sorte mis de côté l'appart du III^e^ arrondissement – il s'agissait tout de même d'un bien d'une valeur d'un demi-million d'euros, et non d'un slip de bain ou d'une paire de chaussettes, toujours est-il que c'est bien ce que l'agent lui avait fait comprendre. « Ton appel tombe à pic, j'étais sur le point de dire au vendeur d'accepter une autre proposition faite au prix… », avait précisé Felix. Dans la foulée, Paul était passé le voir pour lui confirmer son offre par écrit, qui restait toutefois conditionnée à l'obtention de son prêt. « Ça ne devrait pas poser de problème, j'ai un arrangement avec le banquier », avait précisé Paul en faisant un clin d'œil à l'agent qui, connaissant le personnage, devait sans difficulté imaginer ce que cet « arrangement » pouvait recouvrir.

Pour fêter l'acquisition tant attendue, qui n'était néanmoins pas encore juridiquement actée, Paul et Clément avaient organisé une petite partouze avec Arthur et le nouvel impétrant, Felix, lequel était venu accompagné d'un de ses bons amis. La soirée devait se terminer en *golden shower*, qui serait filmée, de façon à pouvoir satisfaire les fétichistes du Net qui raffolaient d'urophilie – il s'agissait d'une spécialité relativement peu commune et quelque peu datée, qui conservait malgré tout ses adeptes. « Ça nous payera les frais de notaire », avait plaisanté Paul en expliquant la démarche à ses invités, sur WhatsApp, quelques heures avant le début de la soirée.

Felix avait découvert le succès fulgurant des deux influenceurs, et sa rapidité lui rappelait d'ailleurs certains projets liés aux cryptomonnaies, en particulier les NFT, une catégorie d'actifs digitaux qui s'échangeaient sur la blockchain. « En général ce sont des artistes qui partent de rien, qui lancent sur les réseaux un concept simple et parfois totalement débile, il faut l'avouer, mais facilement reconnaissable, et qui arrivent ensuite à fédérer une communauté autour d'eux, grâce à un élément distinctif, puis à monétiser le tout. » La comparaison était juste mais Clément voyait les choses d'un œil moins rationnel, et n'avait jamais conçu sa démarche comme une approche purement commerciale ou même entrepreneuriale : « Si tu savais l'amour qu'on nous donne, ce n'est pas une blague. Quand j'ai perdu mon Twitter, j'ai eu l'impression qu'on m'avait coupé un membre... Tu n'imagines pas le soutien qu'on a reçu, à ce moment-là. Heureusement qu'il y avait toujours celui de Paul et nos deux OF pour qu'on puisse entretenir ce lien spécial avec les gens. Pareil en ce qui concerne le fétichisme, tout ça repose sur du dialogue, au final, sur des échanges quotidiens… Après, c'est vrai qu'Internet permet un déploiement rapide en captant des bougs des quatre coins du monde et des abrutis influençables qui ne savent pas vraiment ce qu'ils font, mais, clairement, c'est un véritable attachement qui nous fédère tous, on est comme une grande famille. Pour preuve : quand les abonnés donnent de l'argent, ils ont l'impression de faire un don à une cause, et pas simplement à deux connards qui s'enculent devant une caméra… ça ne marcherait pas, sinon. Les gens, je veux même parler des plus gros dégueulasses, ceux qui traînent sur des sites louches, ils ne veulent pas que de la viande. »

Quelques heures plus tôt, Paul avait hésité à inviter l'étrange banquier du Crédit du Parc à leur soirée, mais Felix, prudent, avait pensé que ce n'était pas une bonne idée : « On ne sait jamais. Tant que ton prêt n'est pas accepté, mieux vaut ne pas vendre la peau de l'ours… T'auras toutes les occasions du monde de l'inviter à tes orgies quand t'auras emménagé dans ton nouvel appart… » Paul essayait de tout fluidifier grâce au sexe, en particulier lorsqu'il sentait qu'une situation pouvait lui échapper, c'était devenu son mode de corruption privilégié, et à vrai dire le seul moyen dont il disposait pour faire plier ceux qui lui opposaient une résistance. Mais tous ne se laissaient pas convaincre par le simple truchement d'une sodo ou d'une fellation, fût-ce une longue fellation.

Vers 23 heures, l'orgie miniature débuta enfin. Felix avait enfilé un jockstrap Ludovic de Saint Sernin – une marque de luxe dont le créateur avait lancé une collection capsule avec Pornhub, peu de temps auparavant – puis il s'était assis sur le canapé, un verre de malbec à la main. Arthur avait commencé à le caresser, avant de se mettre lui-même à poil. Au moment où il enfourna dans sa bouche le gros sexe de Felix – vingt centimètres, tout de même –, Clément se mit à gueuler.

« Attendez ! On n'a même pas encore branché la webcam.

– T'es vraiment obligé de tout filmer ? s'agaça Arthur, retirant la queue de sa bouche.

– J'te rappelle que c'est grâce à tout ça que Paul a pu se payer son appart. Et moi un paquet de trucs aussi… »

Arthur prit la mouche, il était même à deux doigts de se barrer : « Vous pensez vraiment qu'au pognon, putain, c'est dingue…

– Mais ferme ta gueule ! vociféra Clément. Si t'es pas content, tu t'en vas. Je pense qu'on t'a assez payé pour ce que t'as fait avec nous, hein ? On t'a versé des sommes bien au-delà de ce qu'on te devait. » Il n'avait pas supporté qu'Arthur la ramène ; il faut dire que les relations entre eux deux étaient difficiles depuis quelque temps, une certaine jalousie s'était progressivement installée vis-à-vis de Paul, qui demeurait le personnage central du groupe. Et Clément n'était pas du genre partageur, pas sur le plan des sentiments en tout cas. Le cul, ça ne voulait rien dire.

« Hé ! Fermez-la, je viens de brancher la cam, tempéra Paul. Pas de mauvais esprit. On est juste en train de fêter mon acquisition, alors faisons ça au calme, pas d'esclandre devant nos abonnés, pitié, ils sont précieux. » De façon presque instantanée, le silence se fit.

Felix, qui était jusque-là resté impassible, fronça les sourcils d'un air interrogateur : « Mais attendez, vous m'avez bien dit que vous aviez aussi des abonnés fétichistes qui vous suivaient ? Parce que j'en connais qu'ont justement un délire particulier en ce moment sur les mecs qui se disputent, qui s'insultent et qui se mettent des tartes dans la gueule… J'vous assure, j'ai trouvé ça sur TikTok. Si ça vous dit, vous pouvez me frapper autant que vous voulez. On verra bien ce que ça donne. Je m'en fous, maintenant, j'ai terminé ma période d'essai, même si j'arrive le visage tuméfié au boulot lundi matin, honnêtement, je m'en bats les couilles… »

Paul et Clément parurent surpris, mais rien ne semblait en effet impossible, en matière de fétichisme et autres paraphilies. Les « kifs » se développaient au gré des désirs des gens, qui inventaient sans cesse de nouveaux concepts pour accompagner leurs fantasmes, des fantasmes quelquefois étonnants. Il y avait entre autres l'éproctophilie – l'attrait pour le pet –, la formicophilie – l'amour des insectes –, la forniphilie – le fait de vouloir être un objet – qui s'ajoutaient aux pratiques plus classiques : l'ABDL – des adultes qui se plaisent à porter des couches –, le bondage – le fait d'attacher son partenaire –, le fisting – pénétrer l'autre avec son poing. Si toutes ces activités existaient, il pouvait sans doute y avoir des personnes qui s'excitaient sur des engueulades, de bonnes vieilles engueulades entre humains, avec des baffes, des crachats et des coups de pied.

L'orgie avait repris et Felix était sur le point de jouir : « Arthur, tu veux bien avaler ? Je vais bientôt venir. »

# 16

Quelques jours plus tard, Paul avait officiellement déposé son dossier de prêt au Crédit du Parc. Il avait toutefois dû passer une nouvelle fois à la casserole, lorsque le banquier l'avait convoqué à l'agence pour signer les papiers. Le porc n'y était pas allé de main morte et n'avait même pas pris la peine de se laver la queue avant d'enfiler Paul, à qui il avait probablement refilé une, sinon plusieurs IST – le dépistage qu'il réalisa quelques jours plus tard l'avait clairement fait apparaître. « C'est le prix à payer », s'était-il dit, au moment de signer l'ensemble des documents qui établissaient sa demande.

Deux semaines après son rendez-vous, sentant que son projet était en bonne voie, et qu'aucune pièce complémentaire ne lui avait par ailleurs été réclamée, il s'était rendu chez Armani Casa, boulevard Saint-Germain, pour acheter quelques produits à destination de son futur appartement. C'était une boutique haut de gamme, plutôt hors de prix même – il n'aurait jamais imaginé un jour avoir les moyens d'acheter quoi que ce soit là-bas –, mais il avait envie de faire de son appartement un lieu spécial, un endroit cosy où il pourrait recevoir des amis comme le font les grandes personnes, celles qui sont véritablement installées dans la vie. Il n'en pouvait plus de vivre dans un endroit qui ressemblait au logement d'un étudiant de première année, il souhaitait vraiment franchir le pas. Autant il comptait disposer d'une marge financière concernant le budget des travaux, autant il ne voulait pas tout décorer avec du IKEA. Les meubles Armani étaient en eux-mêmes bien trop chers pour lui, mais certains articles comme les sets de table ou les coussins s'avéraient plus abordables : quelques centaines d'euros, tout au plus. Il souhaitait ainsi dessiner un intérieur fonctionnel mais à l'esthétique travaillée, avec des pièces peu communes, en tout cas pour un appart de jeune homme.

Paul avait également l'intention d'acquérir un tableau d'art contemporain illustrant des corps nus de plusieurs garçons. Un Britannique du nom de Jamie Edler, qu'il avait découvert sur Instagram, proposait justement ce type de créations mettant en scène des hommes dans des positions suggestives, provocatrices même, mais sans vulgarité aucune. Il se voyait déjà siroter des spritz avec Clément dans son appartement entièrement refait grâce à l'argent de toutes ces bites et de toutes ces passes, tout en continuant par ailleurs à alimenter son compte OF jusqu'à ce que mort s'ensuive – ou plus probablement, jusqu'à ce que son corps montre des signes de dégradation avancée.

Il avait compris qu'il n'y avait de toute façon rien d'autre dans la vie que les plaisirs, au premier rang desquels se trouvait, triomphalement, le sexe. À condition évidemment qu'elle soit consentie, et même puissamment désirée, l'activité sexuelle restait à ses yeux le sommet de la jouissance, au-dessus de toutes les autres. Le reste des occupations humaines lui semblait pauvre, et bien souvent sans intérêt aucun : les gens travaillaient parce qu'il fallait gagner de l'argent, mais la plupart détestaient leur job. Alors que dans le sexe, on était pleinement à sa tâche le plus souvent; on n'y mettait pas forcément son âme ni ses tripes, tout cela était superfétatoire, mais c'était un plaisir direct, y compris lorsqu'on n'éprouvait pas de sentiments pour la personne avec qui on le faisait. En clair, le sexe n'était pas un instrument en vue d'une autre fin, c'était bel et bien une fin en soi. «J'ai envie de mourir en plein coït», se disait-il souvent, en pensant à tous les mecs à qui il avait donné du plaisir, dont la vie éveillée ressemblait à une mort anticipée puisque rien de ce qu'ils faisaient ne les mettait véritablement en joie : ni leur boulot, ni leurs vacances, ni leur chien, ni leurs gosses, ni leur femme, laquelle devait ressentir de son côté exactement la même chose. Oui, le sexe était une délivrance, c'était la seule activité qui vaille vraiment la peine d'être vécue.

Au début du printemps, il avait décidé de repartir à Sitges avec Clément, pour commencer à profiter des beaux jours. Son dossier de prêt n'avait pas encore été accepté, mais le banquier lui avait assuré quelques jours auparavant que tout était en ordre, et que s'il n'avait pas encore reçu de réponse, c'était parce qu'il y avait eu un afflux de dépôts compte tenu du contexte économique. En effet, les Français craignaient de plus en plus de subir les conséquences de l'inflation, en particulier sur leur épargne, et une grande partie d'entre eux essayaient d'investir dans la pierre.

Il avait donc réservé une semaine au Terramar, un hôtel de luxe qui disposait d'une vaste piscine et d'une vue directe sur la mer. Paul avait voulu payer l'entièreté du voyage à Clément, mais celui-ci avait insisté pour régler sa part. « Déjà que c'est toi qui payes la cocaïne, faut pas pousser. »

Les deux garçons avaient prévu de dépenser « sans compter » sur place. Paul avait eu l'impression de se restreindre sur tout et depuis si longtemps que cette fois-ci, il avait l'intention de se lâcher – dans les proportions raisonnables qui étaient les siennes. Surtout que, pour financer leur voyage, ils avaient bien entendu prévu de faire quelques passes sur place ; mais « sans caméra », avait exigé Clément, qui avait besoin de faire ce qu'il appelait un « break digital ». Paul y avait difficilement consenti.

À peine arrivés au Terramar, ils avaient ainsi donné

rendez-vous à deux types d'une quarantaine d'années, trouvés sur Grindr, qui voulaient se taper des minets, et si possible « des Français ». « Pour une fois qu'être originaires de ce pays nous donne des avantages… », avait ricané Clément, alors qu'il effectuait son lavement avec la poire qu'il avait pris soin d'emporter avec lui.

Paul avait réservé pour quatre personnes au Maricel, son restaurant favori, à 20 h 30. Ils étaient convenus de dîner tous ensemble, puis de rejoindre la chambre du Terramar avant minuit. Les deux gars étaient des Américains qui travaillaient dans la crypto mais qui avaient en parallèle monté une boîte de vidéos pornos quelques années auparavant, qui produisait des contenus haut de gamme à destination d'un public homosexuel. Clément, qui pensait de plus en plus à se lancer dans une carrière d'acteur, avait tout de suite sauté sur l'occasion.

« *Hi !* Salut les garçons. » Les deux mecs étaient plutôt bien foutus mais arboraient des sourires insupportables dignes d'une publicité Hollywood Chewing Gum, ou peut-être Oral-B. Clément était sous le charme, c'était en tout cas l'impression qu'il souhaitait leur donner.

Une serveuse vint les voir et leur apporta les menus. Paul commanda un tartare de saumon, et les trois autres de la langouste.

« *So happy to meet you, guys !* Nous parlons un peu français, ça devrait faciliter nos échanges. »

Paul n'appréciait pas particulièrement leurs airs faussement joyeux, qui dissimulaient une sorte de désespoir hystérique, probablement dû à la cocaïne qu'ils avaient consommée avant de venir – et à la ration de sexe qu'ils espéraient bientôt pouvoir obtenir. « On bouffe, ils nous ken, puis on prend la thune et on les vire, avait glissé Paul à l'oreille de Clément, qui avait fait la moue. Mais ils ont l'air sympas, je trouve, un peu too much, c'est vrai, mais bon, j'suis sûr qu'ils ont plein de fric. »

« Nous sommes allés à Paris plusieurs fois, et on adore les Français. Les petits garçons français, ils sont tellement *horny*… Euh, comment vous dites ?

– "Chauds", répondit Paul, agacé.

– Oh *yeah*, c'est ça ! Chauds. Vous êtes chauds ! Non ? »

Paul s'éclipsa aux toilettes quelques minutes, et quand il revint à la table, Clément était déjà en train de rouler des pelles à l'un des types, qui avait collé sa main sur son sexe. « *Not here, please* », s'écria l'une des serveuses en passant près de la table. Paul se rassit comme si de rien n'était.

« Tu veux vraiment qu'on les ramène chez nous ? demanda-t-il à Clément, dans le creux de l'oreille.

– Mais carrément. Y en a un qui m'a déjà proposé un contrat pour la rentrée. T'imagines ? Clément, acteur porno. C'est si chic !

– Tout un programme.

– J'te rappelle que contrairement à toi, j'ai plus de

Twitter. Alors t'es gentil, mais je dois aussi penser à mon développement, y a pas que toi dans la vie. »

Les Américains avaient l'air surexcités, c'était sans doute l'alcool qui leur montait à la tête.

Paul se chamaillait avec Clément :

« T'as même pas encore eu de retour de Twitter depuis que t'as contesté la suspension de compte, arrête de faire ton cinéma. Entre-temps, Elon Musk a racheté la plateforme, j'suis sûr que les critères de bannissement sont plus les mêmes.

– Peut-être pas, mais tu sais bien qu'il y a une masse de fric à se faire, en tant qu'acteur hard. Tu n'as pas envie de ça, pour moi ? »

L'un des Américains attrapa la main de Paul.

« *How are you ? You feel stressed, are you ok, honey ?*

– Ouais, *I'm ok, don't worry.* » Il avait envie de lui arracher la langue avec ses dents, puis de la balancer dans son assiette, afin de la découper avec son couteau.

« Vous aimeriez une autre bouteille de vin ? reprit le type.

– Non merci, j'ai assez bu. » Paul ne cachait plus sa profonde exaspération.

« *Maybe* une *bottle* de champagne ?

– Oh oui ! Du champagne ! » s'écria Clément, avant de rouler une pelle au mec.

Paul n'était décidément pas dans l'ambiance ; il faisait la gueule :

« Moi je n'en prendrai pas, j'ai envie de garder le contrôle.

– *But you should, how do you say*… “lâcher prise”. *Right ?*

– Ouais, c'est ça. “Lâcher prise”. J'ai assez bu. Je préfère encore savoir ce que je fais, j'te remercie. »

Après s'être baladés sur la plage au moment du coucher du soleil, les quatre hommes avaient comme prévu rejoint le Terramar pour la suite du programme. Clément était déjà bien déchiré et ne tenait presque plus debout, ce qui ne semblait pas gêner le moins du monde les deux Américains. « Tu ne veux pas que je les tèj ? » avait suggéré plusieurs fois Paul à Clément, mais celui-ci n'en démordait pas : « Ils m'ont dit qu'ils allaient doubler le tarif qu'ils voulaient nous verser initialement, un p'tit coup de bite, ça vaut le coup, quand même… surtout qu'il va me brancher sur du porno pro, comme j'ai dit. Ne sois pas relou, gâche pas tout si près du but. »

En arrivant dans la chambre, Paul avait forcé Clément à prendre une douche froide pour qu'il reprenne ses esprits, puis à boire un café sans sucre. Le choc avait été brutal mais relativement efficace. « Tu veux vraiment toujours le faire ? avait demandé une dernière fois Paul, en prenant la tête de son mec entre ses mains.

– Oui. J'en ai très envie. Mon corps m'appartient, tu me fais chier, Paul. »

Entre-temps, les deux Américains s'étaient mis en

caleçon et l'un d'entre eux avait déjà commencé à se masturber. L'autre préparait de la coke, en utilisant les coins de sa carte bleue pour former des rails. Clément s'était ensuite rapproché d'eux, avait retiré la serviette qu'il avait mise autour de sa taille, puis il s'était laissé faire : un devant, en train de lui agripper son pénis, et un derrière, en train de l'enfiler – sans capote, cela va sans dire.

Paul, qui était resté assis dans un coin, sur un fauteuil, assistait à la scène avec un certain dégoût. « *Come with us !* Il faut que tu prennes ton plaisir avec nous », lui avait lancé l'un des gars, alors qu'il était en train de défoncer Clément.

« Allez-y doucement, putain, vous ne voyez pas que vous lui faites mal !

– *Don't worry*, Paul, *he wants it hard.* » Le type attrapa les cheveux de Clément en continuant à l'enculer : « Hein, tu veux qu'on y aille fort, *my little bitch !* »

Après une bonne dizaine de minutes d'hésitation, durant lesquelles Paul avait pensé se barrer, il avait finalement consenti à participer lui aussi – il voulait surtout garder un œil sur Clément. « Ok, vous pouvez me prendre, mais vous avez des machins énormes, alors allez-y progressivement, ce serait sympa. *Slowly, you understand ?* » L'un des Américains acquiesça de la tête. Paul retira ses fringues et s'avança vers le groupe : « J'ai pas envie d'aller aux urgences », ajouta-t-il.

Paul se retrouva dans la même situation que Clément, quelques minutes auparavant ; un devant lui, un derrière lui, les deux bonshommes inversant les rôles régulièrement.

« Bah tu vois ! s'exclama Clément, qui s'était mis sur le côté pour les regarder. Toi aussi, t'as l'air de kiffer. C'est pas tous les jours qu'on se tape des millionnaires… » Il était épuisé, et semblait à deux doigts de s'endormir.

Paul se faisait baiser depuis près d'une demi-heure, de façon très brutale.

« Putain, mais attends, il te fait saigner, ce fils de pute ! » s'écria Clément, rouvrant les yeux. Un filet de sang s'écoulait entre les jambes de Paul. « *Stop it guys ! Now ! My friend is not ok.* »

Mais les types n'en avaient rien à faire et continuaient à massacrer leur proie, en s'acharnant sur elle. « *I said stop it !* » gueula Clément, en se rapprochant d'eux. Mais il était si frêle, à côté de ces deux colosses, il n'arrivait pas à s'imposer.

L'un des gars se termina à l'intérieur de Paul, pendant que le deuxième lui éjacula en plein visage. « Faut toujours que vous parliez pendant le sexe, les *French* ! » s'esclaffa l'un des types, d'un rire gras. Il était manifestement content, et même enchanté de ce qu'il venait de faire, avec son immonde acolyte.

« Tu comprends pas quand on te dit qu'il faut arrêter, connard ? poursuivit Clément, l'air menaçant.

– *Oh, just relax, man, ok ?* On avait presque fini. Vous êtes des putes, oui ou non ? *Fucking whores.*

Allez, *no problem*, on vous payera le double de prévu, comme on avait dit. *It's alright.* »

Paul partit prendre une douche en titubant. Il en avait vécu d'autres, des scènes de ce type. Rien que depuis le début de l'année, il avait eu trois fissures anales, qui lui avaient provoqué d'importants saignements. Et comme sa peau n'avait jamais le temps de cicatriser, puisqu'il fallait continuer à travailler, elle était devenue très fragile.

La tension avait malgré tout fini par redescendre. Les quatre hommes s'étaient installés sur le balcon et s'étaient servi des jus de fruits dans le petit réfrigérateur de la chambre, qu'ils avaient agrémentés de vodka.

« *So you want to become a porn actor ?* Un acteur "X", comme vous dites, lança le brun.

– Oui, ce serait un beau projet. Je ne sais pas trop comment intégrer ce milieu, on a des studios de prod en France, mais c'est pas toujours génial en termes de rémunération et de qualité des films, précisa Clément. J'aimerais faire des choses jolies. »

Paul ne disait pas un mot et les écoutait parler, en buvant son jus de goyave.

« Ça tombe bien, ajouta le blond, on tourne à Miami dans nos studios avec des vrais *directors*, des vrais *producers*, tu verras, les acteurs sont bien traités, ils ont fiches de paie, etc. »

Impassible, Paul se tenait légèrement à l'écart du

groupe, il n'avait toujours pas digéré la manière dont lui et Clément avaient été traités durant la soirée. Et son cul continuait à lui faire atrocement mal.

« Mais… Clément, tu fais quoi comme prestation spéciale ? demanda le brun.

– Comme prestation spéciale ? C'est-à-dire ? » Clément fronça les sourcils.

« Oui, est-ce que tu fais des *extraordinary performances*, *I mean*, comme scatophilie, *you know* ?

– Pardon ? » L'enthousiasme de Clément s'effondra soudain.

Le type précisa : « Oui, tu sais, il y a un public pour ça, même *in the USA*… »

Clément afficha un air de dégoût. « Ah non, désolé, je peux sucer, me faire prendre, participer à des partouzes, à la rigueur uro, mais c'est tout… »

Le blond venait de s'effondrer sur le sol. « Il doit être déchiré, avec tout ce qu'il a bu », commenta Paul, qui s'avança vers le mec. Il semblait avoir perdu connaissance.

Pensant que le gars était simplement bourré, Clément reprit, en s'adressant au brun : « Donc je ne sais pas trop si ça va être possible de collaborer, du coup, je ne vais pas partir à l'autre bout du monde pour qu'on me force à faire des choses que j'ai pas envie de faire… », clarifia-t-il. Il voulait que les choses soient sans équivoque.

À peine quelques secondes plus tard, le deuxième

Américain s'effondra à son tour sur le sol. Tout près de son acolyte.

« Mais putain, qu'est-ce que t'as fait ? » s'affola Clément, en bondissant en arrière. Paul s'avança vers lui, le fixa dans les yeux sans dire un mot, puis partit dans la chambre d'un pas calme.

Clément jeta à nouveau un coup d'œil en direction des deux types, qui semblaient morts, puis il courut voir Paul.

« Mais putain, t'as fait quoi ? » hurla-t-il en prenant son ami par le bras. Clément était au bord des larmes.

« Fallait que ça cesse.

– Mais quoi ?! Qu'est-ce que tu racontes ? Qu'est-ce que tu voulais faire cesser, bordel ? T'es complètement dingue, ou quoi ?

– J'ai juste rajouté un peu de GHB dans leurs verres. À ces porcs.

– Avec de la vodka ? Mais t'es malade ! Ils peuvent faire une overdose, tu le sais très bien. Faut jamais mélanger ça avec de l'alcool ! »

Paul restait calme, incroyablement calme. Glacial, même. « Déjà, j'te rappelle que c'est eux qu'ont insisté pour venir. C'est eux qui nous ont fait boire. Et au début de la soirée, c'est eux qui nous ont proposé de la drogue. Pour nous baiser plus facilement. »

Clément ne tenait pas en place : « Mais on est des escorts, bordel ! T'es complètement taré ! » reprit-il, des sanglots dans la voix.

Paul s'avança vers lui puis l'embrassa, en lui demandant de se calmer. « On est des escorts, oui, des putes, si tu veux, mais personne n'a le droit de violer qui que ce soit, tu comprends, ça ? On n'est pas des bêtes, ni des conneries de poupées. L'argent n'achète pas tout, pardon. Je leur ai juste donné ce qu'ils nous ont eux-mêmes donné, ils ont cru qu'ils étaient plus malins que nous… Pas de chance pour eux.

– Mais tu peux les faire crever, en faisant ça. T'imagines les conséquences de ce que tu as fait ! »

Horrifié, et ne voulant pas y croire, Clément se jeta sur le lit. Il pleurait d'effroi. Mais Paul restait droit dans ses bottes. « Et nous, tout à l'heure ! En nous donnant du champagne avec du GHB, avant le viol, tu crois qu'il pouvait se passer quoi, précisément ? Ces ordures auront ce qu'elles méritent. Nous, on n'a rien à se reprocher. Et si tu veux que j'te montre la fissure anale qu'ils viennent de me faire, c'est quand tu veux. Ça intéressera sans doute aussi la police. Ils se sont empoisonnés tout seuls. Je les y aurai juste un peu aidés. »

# 17

Paul et Clément avaient réussi à repartir à Paris, seulement quelques jours plus tard. Ils avaient bien été obligés de témoigner auprès de la police locale, à la suite de la découverte des deux cadavres sur le balcon de la chambre d'hôtel, mais aucun d'eux n'avait été inquiété. L'officier en charge de l'affaire avait vite reconstitué le cadre de la situation, lequel était corroboré par les nombreux échanges sur les téléphones portables des uns et des autres. C'étaient deux gros bonshommes à la recherche de minets, qui se droguaient régulièrement et qui avaient voulu abuser de leur position pour pouvoir satisfaire tous leurs fantasmes sur des corps juvéniles. Une personne de l'accueil de l'hôtel, qui avait vu les quatre garçons regagner la chambre, avait même témoigné en faveur des jeunes escorts, qui lui avaient semblé « apeurés », et « manifestement contraints » de faire venir les Américains avec eux. Quant à l'hypothèse d'une instrumentalisation crapuleuse commise par les deux Français, celle-ci ne tenait pas une seconde la route : l'officier avait compris que Paul et Clément gagnaient très bien leur vie, et qu'ils n'auraient donc eu aucun intérêt à nuire à ces hommes dans le but de les dépouiller. Leurs comptes bancaires respectifs et différents documents recueillis à leur sujet le démontraient, à commencer par leurs propres déclarations de revenus – les administrations française et espagnole collaboraient régulièrement, et la police de Sitges avait l'habitude de traiter des affaires impliquant des touristes.

Mais l'argument décisif avait été celui des atteintes corporelles : Paul avait dès le lendemain de la soirée été témoigner au commissariat, lequel avait fait effectuer des prélèvements ADN circonstanciés. Aucun doute n'était possible sur la sauvagerie des actes sexuels auxquels les Américains s'étaient adonnés, occasionnant notamment une importante fissure anale à Paul. Et quant à la drogue, celle-ci avait bien été retrouvée dans le corps de tous les intéressés : dans celui des violeurs, mais aussi dans celui de Paul et Clément. Compte tenu de l'ensemble de ces éléments, l'hypothèse d'un empoisonnement volontaire de la part des escorts sur leurs clients fut instantanément balayée, elle n'avait d'ailleurs jamais été sérieusement envisagée.

En l'absence de mobile, la double mort fut sans difficulté associée à un accident banal de « chemsex », cette pratique qui désignait le fait de mélanger alcool et drogues à l'occasion d'une activité sexuelle intense. De nombreux décès avaient déjà été constatés dans ce cadre, notamment à Sitges, et en particulier au sein de la communauté gay. Les deux Américains étaient donc décédés d'une overdose dite « involontaire », cela ne faisait aucun doute.

Malgré tout, Clément continuait à en vouloir à Paul, et à leur retour à Paris, les deux garçons décidèrent d'arrêter de se voir « pendant quelques semaines ». La résolution avait été prise d'un commun accord, d'autant que chacun d'entre eux avait de toute façon un emploi du temps bien rempli. Paul avait prévu plusieurs rendez-vous avec des artisans en vue de la préparation des travaux de son appartement, quant à Clément, qui n'avait toujours pas abandonné l'idée de travailler en tant qu'acteur porno, il se rendait régulièrement à des castings pour pouvoir intégrer le milieu. Ses ambitions étaient grandes en la matière, à tel point qu'il avait éliminé de lui-même la plupart des autres possibilités professionnelles qui s'offraient à lui : il ne comptait pas reprendre ses études de droit et n'avait pas envie de bosser dans un bureau ni de devenir vendeur chez Zara. Alors le porno restait à ses yeux une option de carrière plus qu'honorable pour le jeune homme frais qu'il était encore.

Le quotidien ordinaire de Paul avait ainsi tranquillement repris dans une certaine sérénité. Il continuait à voir ses clients réguliers, notamment Huylam, qui avait développé un appétit sexuel débordant avec l'arrivée du printemps. Le changement majeur, c'est qu'il avait moins besoin d'alimenter son compte OnlyFans qu'auparavant, celui-ci marchait en quelque sorte en pilotage automatique ; il postait en moyenne une vidéo tous les deux jours, avec en prime un live le dimanche soir. Pour le reste, l'algorithme faisait tout. Il avait déjà tellement donné pour ce job.

Mais l'activité la plus lucrative, compte tenu du temps passé, c'était sans conteste ses clients fétichistes qui, au fur et à mesure qu'ils prenaient conscience de la notoriété de Paul, notamment sur Twitter, augmentaient les montants versés : s'il y avait quelque chose d'excitant dans le fait de se faire « dépouiller » par un maître, la jouissance se nourrissait aussi de la notoriété de la personne. La pratique la plus appréciée était celle associée aux pieds, et en particulier aux chaussures : les esclaves se prenaient en photo en train de lécher des semelles ou des chaussettes, selon les instructions rigoureusement données par Paul. Et lorsque les clichés sortaient de l'ordinaire et démontraient une soumission franche et totale, leur maître les postait sur son compte Twitter, en guise de trophée – ce qui activait encore le nombre des demandes subséquentes.

Paul était même obligé de réfréner certains adeptes qui, ne disposant pas toujours de moyens importants, pouvaient se retrouver dans une certaine détresse financière par leur propre comportement. Il devait alors les raisonner pour leur expliquer qu'en tant que maître, il avait besoin que ses esclaves restent « vivants », afin qu'ils se fassent exploiter « le plus longtemps possible ». On aurait cru la Française des Jeux tentant de réguler ses joueurs… C'était le seul argument que Paul avait trouvé pour réfréner les afflux d'argent, de dons et de remerciements divers que les fétichistes lui faisaient parvenir selon un flot ininterrompu.

Ce surcroît de liquidités allait toutefois servir une bonne cause : la décoration de son nouvel appartement, dont il espérait obtenir les clés d'ici quelques semaines. Fort de son aisance financière qui allait croissant, il se rendait presque tous les jours dans les meilleures boutiques de la rive gauche pour commander tantôt une lampe, tantôt une table basse, tantôt un canapé vintage. « Ça va être Versailles, à la maison », s'était-il amusé en appelant Clément quelques semaines plus tard, alors qu'il sortait de chez Roche Bobois.

Le couple avait progressivement repris les échanges, et Clément avait même proposé à Paul de s'installer avec lui dans son nouvel appart, une fois qu'il y aurait accès, ce que ce dernier avait immédiatement accepté.

Leur ami Arthur avait quant à lui montré une certaine distance vis-à-vis du couple, depuis leur retour de Sitges. Il s'était senti exclu, du fait de ne pas avoir été invité à partir en vacances avec eux, et depuis, il ne voulait plus tourner de vidéos en plans à trois, « même contre une grosse somme d'argent ». Mais Paul ne voulait surtout pas se brouiller avec lui, tout au moins tant qu'il n'aurait pas totalement finalisé l'acquisition de son appartement. Son banquier restait, il ne fallait pas l'oublier, le cousin germain d'Arthur.

« Moi, je pense que ce n'est pas seulement les vacances qu'il n'a pas digérées, avait confié Clément à Paul, lors d'une soirée à Oberkampf. Tu sais, je pense qu'il est amoureux de toi, et qu'il voudrait t'avoir pour lui tout seul. C'est ça qui cloche. Je l'ai lu dans ses yeux, plusieurs fois. »

La tristesse latente d'Arthur s'était d'ailleurs transformée en une colère terrible, quelques jours plus tard, lorsqu'il avait appris non seulement que Paul et Clément s'étaient remis ensemble, mais qu'ils avaient même pour projet de vivre à deux, dans le nouvel appartement – et bien sûr, sans lui. « J'aide Paul à financer son achat, en le mettant en lien avec mon cousin, alors que son dossier ne passait pas du tout, et c'est comme ça que vous me remerciez ! » s'était plaint Arthur auprès de Clément, qui n'avait pas su quoi répondre.

Le succès de Paul continuait imperturbablement à prendre de l'ampleur sur les réseaux sociaux. À l'approche du Pride Month, le mois qui célébrait la diversité des genres chez le public LGBTQ, il avait lancé sa chaîne YouTube, en complément de son compte OnlyFans. Et des milliers d'internautes étaient rapidement tombés sous le charme de ses programmes légers et *gay friendly*, qui faisaient la part belle aux anecdotes sur le milieu, s'agissant notamment des relations amoureuses. Les gens étaient friands de conversations ayant trait non seulement au sexe mais également à tout ce qui faisait monter le désir entre deux êtres : les techniques de séduction étaient même devenues des thématiques dominantes sur Internet, les « love coachs » inondant littéralement la toile de vidéos sur « comment draguer », « comment donner du plaisir au lit » ou, dans un autre genre, « comment récupérer son ex » – qui constituait une niche particulièrement vivante, sur YouTube. Le public de Paul n'était pas seulement constitué d'homos mais aussi d'un nombre important de femmes hétéros, qui pensaient qu'un gay était plus à même de les comprendre qu'un caricatural mâle alpha, fût-il coach ou expert en séduction.

Sa conquête de YouTube avait été facilitée par la notoriété que Paul avait acquise sur Twitter au fil du temps : en annonçant à ses fans qu'il ouvrait sa propre chaîne, la plupart d'entre eux s'étaient immédiatement abonnés, ce qui lui avait permis de monter facilement dans l'algorithme. Même Clément, qui avait pourtant suivi de près cette ascension depuis son origine, n'en revenait pas : « Si tu fais vivre tout ça tranquillement, bientôt t'auras même plus besoin de poster de nouveaux contenus sur OF, ça tournera tout seul, comme un distributeur automatique. »

Portés par ce nouvel engouement, Paul et Clément

s'affichaient de plus en plus souvent ensemble dans leurs stories, notamment sur Instagram, ce qui avait le don d'agacer encore plus Arthur. « Mais joins-toi à nous. On n'est pas exclusifs, on est dans le partage ! » lui avait envoyé Paul, sur WhatsApp, mais son message ne lui était jamais parvenu. L'intéressé avait vraisemblablement dû le bloquer de l'application.

« Tu devrais quand même faire attention, s'était inquiété Huylam, qui venait de coucher avec Paul. Tous ces gens qui te suivent, tout cet argent, ça crée forcément des jalousies… Et la jalousie, c'est un moteur extrêmement agressif, encore plus sur les réseaux où l'anonymat est roi.

– Qu'est-ce que tu veux que je fasse ? Je ne vais pas m'empêcher d'avoir du succès. Tu te souviens d'où je viens ? Il y a encore quelques mois, j'allais faire les poubelles pour bouffer, et entre-temps j'ai utilisé le dernier atout qui me restait pour survivre : mon cul. Alors oui, c'est vrai, j'ai cherché à en faire un maximum, avec les passes, puis avec OnlyFans, maintenant avec les fétichistes… Je le sais, tout ça. Est-ce qu'on accuse Mbappé ou Neymar de profiter de leur notoriété à fond, tant qu'ils sont relativement jeunes et vifs ? Je crois pas. Et dans mon cas, les chiffres sont loin d'être comparables… Alors épargne-moi tes leçons de morale.

– T'as pas l'impression de trahir tes idées ? Celles

dont tu me parlais toi-même, au début qu'on se connaissait.

– Écoute, je n'en sais rien… La société m'a mis dans la merde, une merde noire dont j'aurais pu ne jamais sortir, j'te rafraîchis la mémoire. Je sais qu'il y a toujours une espèce de violence, en moi, de haine, je la sens encore… J'essaie d'en faire des tonnes, de trouver toutes les occasions de profit, aussi parce que je sais que ça ne durera pas. Tu connais bien la dure loi du marché pour les travailleurs du sexe. Tous mes atouts vont vite s'envoler. Après un certain âge, pour moi, dans pas si longtemps, t'es bon à foutre aux ordures. Comme n'importe quel sportif de haut niveau, mais version trash et légèrement clandestine… Chacun son biz, écoute. Mais si c'était à refaire, je le referais, ne serait-ce que pour faire un gros FUCK au système.

– Et tu penses que ça aura quel impact ? C'est quoi, le message, au final ? Travailleurs de tous les pays, prostituez-vous !

– Non, enfin… pas directement. Je dis que ce système est pourri, qu'il est viscéralement injuste et absurde, et que, face à ça, les pauvres doivent faire tout ce qu'ils peuvent pour rester à la surface… Tu crois vraiment que j'me prends des fissures anales et des IST juste pour le délire ? Je suis peut-être transgressif, mais pas complètement débile. L'activité que je mène, et que mènent tous les TDS, c'est une activité dangereuse, mais elle est le résultat de l'organisation économique, je suis désolé.

Quand on proposera des jobs aux gens avec des salaires qui leur permettront réellement de vivre, de payer leur loyer, leur bouffe, et de gérer une inflation à 10 % par an, je parle des vrais chiffres que les pauvres supportent, alors on pourra peut-être revoir tout ça. Mais en attendant, faut lutter, et la lutte, la violence de la lutte, je l'exprime avec mon corps. Et au passage, je montre à quel point le pognon est une valeur absurde, qu'on peut manipuler et transformer n'importe comment. »

Huylam l'écoutait attentivement et s'était accoudé sur le plan de travail de la cuisine.

« Regarde, moi ! reprit Paul. Je ne soigne pas de blessés, hein ! Je ne sauve pas des vies. Je ne trouve pas de vaccins contre le sida. Je ne découvre pas de nouvelles planètes. Et pourtant, on me paye des blindes pour montrer mon cul et ma bite en webcam, tu ne trouves pas ça dingue ? Moi si. Mais qu'on ne vienne pas me reprocher d'en profiter, c'est pas moi qu'ai créé ce monde insensé où des infirmières galèrent pendant que des influenceurs, en tout cas certains, s'achètent des SUV à 100 000 balles et que des rappeurs ou des *gamers* sur Fortnite sont payés comme si c'étaient des hommes providentiels… Qui est assez con pour croire à ce cirque ? »

Le lendemain matin, Paul apprit que sa demande de prêt avait été refusée. Felix, l'agent immobilier, avait tout fait pour essayer de gagner du temps auprès des vendeurs, qui s'impatientaient, mais c'était déjà trop tard : l'appartement du IIIe arrondissement venait de lui passer sous le nez.

Paul n'avait que peu d'espoir de trouver une autre banque pour réaliser son projet d'achat. C'était son rêve le plus cher qui s'écroulait soudain.

# 18

L'ambiance était devenue tout à coup morose, dans l'appartement de Paul – et même franchement pesante. En apparence, les événements du quotidien continuaient de se dérouler normalement – les mecs qui venaient tirer leurs coups, les nouveaux comme les réguliers ; les live sur OnlyFans ; les soirées avec Clément. Mais dans la tête de Paul, quelque chose s'était rompu.

Pourtant, sa situation économique n'avait en aucun aspect été modifiée : il jouissait toujours de trois sources de revenus, au demeurant assez stables, et en continuant à ce rythme, il aurait été probablement capable d'acheter un appartement sans crédit, à un horizon de deux ou trois ans. Mais intérieurement, il avait vécu ce refus de prêt comme une nouvelle humiliation ; or, il avait tellement progressé dans sa vie depuis plus d'un an qu'il ne pensait pas devoir encore faire face à ce type de situation qui lui rappelait sa condition – sa pas si enviable condition.

Avec cet échec immobilier, en soi anodin, c'est tout

son passé qui lui était revenu comme un boomerang en plein visage : les injustices, les absurdités auxquelles il avait été confronté depuis des années, les trahisons aussi. Car le cousin d'Arthur, qui l'avait traité comme la dernière des merdes, n'avait pas tenu parole : pire, il avait sans doute joué la comédie depuis le début, en prétendant que son dossier pourrait passer, dans le seul objectif de pouvoir obtenir de lui des rétributions physiques. Paul n'avait aucun doute là-dessus. D'ailleurs, aucune lettre officielle de refus de prêt n'avait été transmise, comme cela était pourtant la norme dans ce genre de cas ; l'annonce lui avait été faite verbalement, sur le répondeur de son téléphone portable, sans autre formalité. Paul s'était fait de faux espoirs. Il se souvenait encore de la bite répugnante de ce type qu'il avait été obligé de sucer, et ce à deux reprises, sans la moindre contrepartie. Il en avait encore le goût dans la bouche.

Clément sentait qu'Arthur était aussi dans le coup : il avait pu vouloir nuire à Paul par pur sentiment de jalousie, et forcer ainsi son cousin à ne pas lui octroyer le prêt tant espéré. L'hypothèse paraissait plausible, et même cohérente, si l'on s'attachait à l'énorme colère qu'exprimait régulièrement Arthur au sujet du jeune couple. Mais en vérité, Paul n'y croyait pas ; il ne pensait pas son ami capable d'une telle ignominie. Quelque part, il devait encore avoir foi en l'espèce humaine ; ce n'était pas un cynique.

En plan B, Paul aurait pu envisager de louer un plus grand appartement pour augmenter son confort de vie au quotidien, mais vu l'irrésistible ascension des prix qui se poursuivait à Paris, dans des proportions folles, il ne se voyait pas jeter 2 000 euros par mois « par la fenêtre » alors qu'il aurait pu mettre cette même somme dans le remboursement d'un crédit. Il avait donc choisi de rester dans son petit studio, tout en continuant à encaisser de rondelettes sommes d'argent sous toutes les formes possibles : cash, virements, chèques, cryptomonnaies. Un jour, un de ses bons clients lui avait même remis un tableau d'art contemporain, en guise de paiement ; Paul s'était renseigné auprès d'un spécialiste et avait découvert qu'il s'agissait d'une pièce d'une valeur de 30 000 euros, au bas mot. Il trouvait pourtant la toile fort laide.

D'un point de vue extérieur, sa situation paraissait comique, et même grotesque : il remplissait théoriquement tous les critères pour pouvoir emprunter auprès d'une banque, au-delà du nécessaire – il avait des revenus abondants, émanant de sources différentes, avec par conséquent un niveau de risque limité, ainsi qu'un très gros apport –, mais personne ne voulait lui faire confiance. « Paria un jour, paria toujours », ironisait-il parfois, lorsque Clément venait passer du bon temps avec lui – chose qui arrivait de plus en plus rarement.

Les relations sexuelles entre eux deux s'étaient dégradées, car Paul ne faisait plus d'effort. Il ne se rasait plus, il se lavait un jour sur deux, quand ce n'était pas un sur trois, et lorsqu'il devait se donner en spectacle avec son acolyte, il avait parfois du mal à bander. «Je ne suis pas dedans», disait-il alors, le visage éteint. Puis Clément, pour éviter le fiasco public, se mettait en général à le sucer comme un bourrin pour raviver son érection. Mais les performances physiques les plus chaudes et spectaculaires, qui avaient été leur marque de fabrique sur Internet, semblaient loin derrière eux. Certains internautes se plaignaient déjà : « Bah alors, c'est déjà fini ? » ; « C'est mou de chez mou, ce soir, vous avez trop picolé ? » ; «Je veux bien être fidèle, mais si ça continue comme ça, je vais devoir résilier mon abonnement ».

On pouvait effectivement résilier à tout moment son abonnement, sur OnlyFans, c'était la règle de base de la plateforme, comme d'ailleurs de toutes les autres plateformes que le monde numérique avait enfantées. On résiliait OnlyFans comme on résiliait Netflix, comme on terminait son contrat avec EDF ou sa ligne Bouygues Telecom, sauf que, dans le premier cas, il ne s'agissait pas de groupes internationaux qui opéraient dans le monde entier au service de millions de consommateurs, mais de simples travailleurs du sexe.

Clément s'était vite inquiété de ce mouvement de fond qui, même s'il était encore peu audible, était déjà perceptible. Il craignait d'importants désabonnements, tant en ce qui concernait son propre compte que celui de Paul. Mais ce dernier, pourtant conscient du problème, ne s'en émouvait pas spécialement : « Que veux-tu, c'est moins bien qu'avant parce qu'on a un peu fait le tour de la question, on ne va quand même pas se forcer… De toute façon, moi, je n'y arrive pas. On savait que ça pourrait s'arrêter un jour. On l'a toujours su. En tout cas, moi, je l'ai toujours su. »

Mais les abonnés des deux influenceurs n'étaient pas tout à fait des clients comme les autres, il s'agissait le plus souvent de personnes qui avaient noué des rapports étroits avec Paul et Clément, à l'occasion d'échanges privés souvent très personnels, alors l'erreur était permise, et bien mieux tolérée que dans d'autres activités en ligne. « Tu verras, disait Clément, on va amortir le choc du projet d'appartement, prendre un peu de hauteur par rapport à tout ça, puis on repartira comme avant. Notre modèle est sain, on a notre style et notre savoir-faire. Personne ne pourra nous l'enlever. On n'est pas encore bons à jeter aux ordures. »

En sous-marin, toutefois, un autre phénomène était en train de prospérer. Certains internautes, notamment des concurrents de Paul et de Clément, s'amusaient à scruter chacune des vidéos qu'ils avaient tournées et postées sur leurs comptes depuis l'origine, dans le but d'y trouver une anomalie, ou une faille quelconque : un type d'images interdit, une violation des conditions d'utilisation, un comportement inapproprié… Plusieurs de leurs vidéos avaient déjà été suspendues en raison des bandes sonores utilisées : lorsqu'elles incluaient une musique d'ambiance et que celle-ci n'était pas librement incorporable, une atteinte au droit d'auteur pouvait facilement être caractérisée. Sauf que les conditions de tournage des films amateurs supposaient souvent un certain détachement par rapport à ce type de contraintes légales, pour que la spontanéité des actions soit conservée autant que possible. De fait : des dizaines de vidéos avaient ainsi été dénoncées auprès de la plateforme, puis suspendues définitivement.

En apparence, ces multiples violations n'entraînaient pas de conséquences immédiates sur le statut d'un profil OF : les abonnés pouvaient continuer à rester abonnés, et les créateurs à toucher les versements mensuels. Mais en interne, les deux comptes de Paul et de Clément se trouvaient affaiblis vis-à-vis de la plateforme : « flagués » par l'algorithme, ils étaient désormais sur la sellette et ne pouvaient supporter d'autres infractions aux conditions d'utilisation, sous peine de fermeture.

Un peu avant les vacances d'été, Arthur avait repris contact avec le couple, après les avoir tout à coup débloqués sur l'ensemble des réseaux sociaux. « J'aimerais tellement vous revoir », avait-il dit à Clément, sur WhatsApp, un samedi soir. Paul avait bien voulu accepter ses excuses – il n'aimait pas tirer un trait sur les gens – puis les trois garçons étaient partis fêter leurs retrouvailles en boîte de nuit, à l'occasion d'une soirée

*Purple* qui se déroulait au Faust, un club parisien situé sous le pont Alexandre-III.

Arthur était déchaîné et avait consommé plusieurs grammes de cocaïne. « En rentrant, j'veux trop qu'on refasse une vidéo en mode plan à trois, ça m'a tellement manqué ! » avait-il lancé à Paul, sur le podium, alors qu'ils étaient tous les trois en train de danser sur la chanson *I Wanna Go* de Britney Spears. Clément était plus sexy que jamais, et s'était empressé de retirer son T-shirt lorsque l'ambiance était devenue vraiment chaude, dans la boîte, sur le coup de 3 heures du matin. La *Purple* était une soirée itinérante LGBT-friendly qui se tenait dans différents lieux de la capitale, en intérieur et parfois aussi en extérieur. Le gratin des gays parisiens s'y retrouvait environ une fois par mois : des youtubeurs, des tiktokeurs, des influenceurs de mode émergents… Paul et Clément avaient bénéficié d'une invitation VIP du fait de leur notoriété sur les réseaux ; quant à Arthur, qui ne jouissait pas quant à lui d'une telle visibilité, il avait malgré tout pu rejoindre l'espace privé grâce à une demande expresse du couple.

Les corps qui se retrouvaient à la *Purple* constituaient autant de mises en scène du capital érotique : chacun essayait de faire ressortir sa valeur et ses qualités particulières, d'abord par les vêtements, puis avec les accessoires, éventuellement le maquillage et, bien entendu, par la façon de danser. Il n'y avait pas à proprement parler de norme imposée, même si l'on pouvait repérer facilement des tribes correspondant à des styles consacrés : ceux qui, comme Paul, auraient pu passer pour des hétéros, avec de longs T-shirts blancs et des jeans droits de couleur foncée ; ceux qui, comme Clément, jouaient au contraire la carte de la féminisation, avec des crop tops ultra-courts et du khôl sous les yeux ; ou encore ceux qui préféraient d'emblée se mettre torse nu en prenant soin de laisser dépasser leur caleçon du pantalon, comme Arthur. Dans ce vaste ensemble, certains essayaient simplement de s'amuser, tandis que d'autres, les plus nombreux, faisaient leur marché.

La boîte était blindée, et les garçons n'arrivaient pas toujours à rester soudés, lorsqu'ils allaient se balader de salle en salle, pour se rendre au fumoir ou pour aller commander un nouveau verre. Alors ils passaient leur temps à s'envoyer des textos toute la soirée durant : « Tu es où ? » ; « Je suis au bar » ; « Retrouve-moi près des toilettes ». Et pendant ces moments-là, d'autres garçons venaient se frotter, et davantage, à chacun d'entre eux. Le milieu gay nocturne avait ceci de particulier qu'il était fondamentalement et presque obligatoirement libertin : qu'il s'agisse de la soirée *Purple* ou de sa concurrente, l'éclatante *Doctor Love*, les garçons y venaient beaucoup pour « choper » et « se faire choper », et même si une ambiance bon enfant y régnait le plus souvent, on y trouvait surtout de fortes énergies sexuelles. La chair était vue comme un objet de convoitise, voire comme une denrée qu'il s'agissait de caresser, sinon d'attraper : « J'ai réussi à me faire onze gars, ce soir », pouvait-on ainsi entendre, de la part de mecs dont beaucoup n'avaient pas vingt ans.

On ne pouvait pas parler de culture du viol, dans ce type de lieu, bien au contraire, compte tenu de l'esprit communautaire plutôt protecteur qui s'y développait et de la mentalité des organisateurs, qui prohibaient sévèrement tout comportement inapproprié. Mais il y avait incontestablement une culture de la drague et du sexe à laquelle personne ne pouvait échapper. Étrangement ou pourrait-on dire miraculeusement, les gestes déplacés s'y faisaient rares. Ces clubs étaient même devenus les véritables *safe spaces* de l'ensemble de la communauté LGBT parisienne.

Paul s'était senti redynamisé par cette soirée, au cours de laquelle il avait d'ailleurs croisé plusieurs de ses clients. En voyant tous ces hommes joyeux et dénudés, il avait retrouvé ce qui lui avait tout de suite plu, dans le milieu gay, lui, l'ex-hétéro. Il n'avait jamais vu une telle fougue, dans les clubs plus conventionnels où il allait parfois, lorsqu'il était plus jeune, avec des potes à lui – le Mix Club à Montparnasse, le Rex vers les Grands Boulevards, le Carmen à Pigalle. Parmi les hétéros, il n'était pas toujours très à l'aise avec son genre et son identité qui détonnaient par rapport à la norme ; il avait toujours eu un corps d'éphèbe. Chez les pédés, il se sentait non seulement mieux accepté mais aussi plus libre, et c'était ça qu'il appréciait par-dessus tout, et qu'il continuait à aimer.

Il avait d'abord rejoint la communauté queer comme on adhère à un groupe Facebook : sans espoir ni attente particuliers. Puis les codes du milieu l'avaient lentement conquis : ouverture d'esprit, liberté de ton et d'expression, notamment sur les sujets politiques, volonté d'utiliser le système économique à des fins récréatives. Paul avait l'impression que si les gays n'étaient pas spécialement des adversaires du système en place, qu'ils n'affrontaient pas de manière directe, leur mode de vie entrait cependant en opposition avec la froideur carcérale des calculs égoïstes. Le « gay », même si un tel concept n'existait pas, avait une certaine tendance à placer le plaisir avant tout le reste, en particulier avant la recherche pure de profit personnel. Les homos ne rejetaient pas l'argent, loin de là, mais ils y voyaient avant tout un instrument au service du divertissement, de la jouissance et d'une sorte de quête d'extase. C'était cet aspect du *gay world* que Paul avait trouvé rafraîchissant, et qu'il considérait en rupture effective avec une certaine vision néolibérale, laquelle privilégiait non pas tant la recherche de plaisir que la soif d'intérêt et de richesse maximale ; ça n'avait rien à voir.

Il n'y avait pourtant pas de communauté homosexuelle à proprement parler, et certains gays – la plupart – vivaient tout à fait en marge des lieux les plus estampillés. Mais le fait même de mener son existence selon certains codes queer véhiculait des valeurs qui s'opposaient au modèle dominant : la société hétérosexuelle et patriarcale, laquelle restait, quoi qu'on en dise, ultra-majoritaire. Paul, qui avait de longue date été anticapitaliste, ou tout au moins hostile à la marchandisation intégrale du monde – ce n'était cependant pas un radical –, voyait dans cette communauté une sorte de prolongement de son combat politique au sein de la sphère privée. C'était loin d'être anodin.

En rentrant de boîte, vers 5 heures du matin, Arthur avait insisté pour faire un live sur le compte OF de Paul. « Mais ce n'est pas l'heure idéale, la plupart des gens seront couchés, sauf à la rigueur ceux qui sont basés aux États-Unis, avec le décalage horaire », avait prévenu Clément, qui s'apprêtait plutôt à aller dormir. Paul ne semblait pas davantage intéressé par l'idée et avait déjà enfilé son pyjama. Mais Arthur n'en démordait pas – c'était quelqu'un de très entêté – ; il disait qu'il voulait absolument « fêter » leurs retrouvailles et battre le fer tant qu'il était chaud.

Paul avait à peine eu le temps de brancher la webcam pour commencer le live qu'Arthur était déjà en train de le sucer, au vu et au su de tous les internautes, dont des dizaines s'étaient connectés. Clément, qui avait finalement consenti à se déshabiller, se rapprocha d'eux et se mit à prendre Arthur par-derrière. Il avait eu ce qu'il voulait.

Les lumières de l'appartement éclairaient distinctement ces corps qui se mêlaient et s'entremêlaient, dans une danse des plus organisées, plus ambitieuse d'ailleurs que toutes celles que le trio avait pu faire depuis l'origine. Arthur, qui avait encore repris de la coke, n'arrêtait pas de varier les positions pour maintenir l'attention des spectateurs, alternant les rôles d'actif, de passif, de dominateur et de soumis, avec une grande virtuosité.

Les abonnés ne décollaient pas leurs yeux de l'écran. Envoûtés par le spectacle lubrique, ils faisaient pleuvoir les dons et les messages de remerciement. L'enthousiasme viral était en train de repartir de plus belle, grâce à l'intervention d'un nouveau personnage qu'ils espéraient récurrent. À l'issue de la performance, Paul et Clément suggérèrent à Arthur de créer son propre compte OF pour nouer avec lui des collaborations régulières.

# 19

Trois jours plus tard, alors que Clément venait de proposer à Paul de se pacser avec lui, et qu'ils étaient déjà en train de prévoir leur lune de miel en Californie, plus particulièrement à San Diego, un événement vint troubler leur douce recomposition amoureuse.

Paul avait d'abord reçu des dizaines de messages privés, sur Twitter, lui demandant pourquoi son compte OF n'était plus accessible. Après vérification, il avait effectivement constaté que sa page onlyfans.com/paul n'existait plus. Inquiet, mais pensant à une simple erreur technique temporaire – cela était déjà arrivé, par le passé, lorsque les serveurs n'étaient plus en mesure d'absorber le trafic –, il avait contacté la plateforme en soumettant un formulaire idoine. Et quelques heures plus tard, l'information était tombée dans sa boîte mail :

Monsieur,

En raison des multiples atteintes à nos conditions d'utilisation qui ont été constatées sur votre compte, nous avons été contraints de clôturer votre page OnlyFans.

Pour rappel, voici le détail des nouvelles violations constatées par notre équipe Régulation des contenus :

12 décembre : utilisation d'un matériel sonore non libre de droits (Warner Music)

31 décembre : utilisation d'un matériel sonore non libre de droits (Universal Music)

14 février : utilisation d'un matériel sonore non libre de droits (Disney Inc.)

30 mars : diffusion d'un contenu non autorisé (catégorie : urophilie)

8 mai : diffusion d'un contenu non autorisé (catégorie : scatophilie)

4 juillet : diffusion d'images mettant en scène des personnes n'ayant pas consenti à l'utilisation de leur image.

Compte tenu de l'ensemble de ces violations, la décision de clôture de votre compte OF est définitive et n'est pas susceptible d'appel.

L'équipe de Régulation des contenus

Furieux, et proprement horrifié, Paul demanda davantage d'explications à la plateforme, en particulier concernant la toute dernière réclamation qui avait été formulée, celle du 4 juillet, et qui lui semblait sortir de nulle part – il n'avait jamais filmé quoi que ce soit sans l'autorisation expresse de tous les participants. Elle était en réalité liée au tout dernier live qu'il avait posté sur son compte, juste après la soirée *Purple*. Et après quelques rapides investigations, Paul comprit que c'était Arthur qui avait dû sciemment contacter le site pour déclencher la suspension : même si c'était pourtant lui qui avait voulu enregistrer la vidéo litigieuse, aucun consentement écrit n'avait effectivement été donné. Partant, il avait pu arguer sans difficulté d'une utilisation non conforme à son « droit à l'image ». Or, la plateforme OnlyFans, qui diffusait un gigantesque nombre de contenus à caractère pornographique, prenait très au sérieux toutes les plaintes de ce type. La décision était, de ce fait, irrévocable. Arthur était allé loin dans sa perfidie.

La veille de la suspension, Clément avait imprudemment posté sur son compte Instagram l'information selon laquelle lui et Paul avaient décidé de se pacser. Arthur avait vu la story et avait probablement contacté la plateforme OF dans la foulée, dans le but de se venger. Il n'y avait aucun doute sur l'origine de la dénonciation, ni même sur les motifs qui y avaient présidé : Arthur n'avait jamais accepté ce couple. Il ne s'en cachait pas, et la toute dernière soirée qu'il avait passée avec Paul et Clément avait été une sorte de test, d'ultime confrontation avec ceux qui, d'une certaine façon, se refusaient à lui. Depuis, il avait de nouveau procédé à leur blocage sur tous les réseaux : Twitter, WhatsApp, Snapchat. La rupture entre le garçon et le couple revêtait, cette fois-ci, un caractère définitif – et vu les effets dévastateurs que la suspension de compte allait provoquer, elle s'avérait également irréversible.

Pour éviter l'arrêt brutal des rentrées d'argent, un ami de Clément avait dans l'urgence conseillé Paul dans la mise en place d'une plateforme alternative à OnlyFans, qui permettait théoriquement de proposer le même type de contenu. Mais un problème déjà bien connu était immédiatement réapparu : un site standard ne pouvait héberger de pornographie, sous peine de faire sauter les moyens de paiement les plus habituels (carte bancaire, PayPal). Des serveurs spécifiques et des systèmes de règlement complexes devaient nécessairement être implémentés, ce qui n'était pas une mince affaire. Sauf que Paul avait vite été découragé lorsqu'il avait constaté que très peu de personnes s'étaient abonnées à la simple newsletter qu'il avait créée dans la précipitation, précisément pour prévenir les internautes du lancement de sa nouvelle plateforme. En somme, les abonnés de Paul étaient attachés à son OF, et n'avaient pas envie de faire l'effort de migrer vers un autre dispositif pour continuer à le suivre. En faisant un rapide sondage, il avait compris que la suspension de son compte lui ferait perdre entre 80 et 90 % de ses abonnés.

C'était la fin de son *dream* digital.

Pour tenter de compenser les pertes à venir, qui s'annonçaient lourdes, Paul avait recontacté en hâte certains clients de passes qu'il avait mis de côté depuis plusieurs mois pour se concentrer sur la création de contenus. Mais beaucoup avaient changé de numéro, entretemps, ou s'étaient simplement désinscrits des sites d'escorting qu'ils utilisaient par le passé. Il aurait toujours pu repartir à la chasse aux nouveaux clients, bien sûr, mais après plus d'un an d'hyperactivité, de tournages de vidéos et de vie sexuelle débridée, Paul n'avait plus du tout la même énergie, et cela se ressentait dans les messages au ton désespéré qu'il envoyait aux mecs. Il n'avait plus la fougue ni l'ambition des débuts qui lui conféraient une image fraîche, agréable et excitante. Désormais, la douleur et la déception pouvaient se lire dans ses écrits, sur ses photos, et même dans les vidéos qu'il continuait malgré tout à tourner pour sa chaîne YouTube. Les commentaires des internautes étaient, de ce point de vue, des plus limpides : « On dirait que ça ne va pas, Paulo ! » ; « T'as une drôle de tête » ; « T'as pas baisé depuis longtemps, on dirait » ; « Pauvre chou, t'as vraiment pas l'air bien ». S'il y avait une chose qu'on ne pouvait pas feindre, c'était la joie.

Son couple avec Clément en avait naturellement subi les conséquences. À la suite de la suspension du compte OF, ils avaient d'abord décidé de reporter leur lune de miel, qui n'avait plus vraiment de sens à leurs yeux, et si le projet de se pacser restait malgré tout dans les cartons, on pouvait se demander si l'un et l'autre en avaient toujours envie. « On organisera un voyage dès qu'on aura une vision plus claire de tout ça », avait dit Paul sur le répondeur de Clément, avant d'ajouter : « Pour l'instant, je dois me remettre à flot, et faire le tri dans ma vie. »

Un malheur n'arrivant jamais seul, les clients fétichistes, qui jusqu'alors se satisfaisaient de tout ce que proposait Paul – les photos de pieds, les messages humiliants invitant les esclaves à se mettre à genoux, etc. –, ne montraient plus eux non plus la même satisfaction sur Twitter. « Pas très dominant, notre Maître, en ce moment. Devrait-on en chercher un autre, quelqu'un qui saurait VRAIMENT nous traiter comme les merdes que nous sommes ? »

Le pire, c'est que l'état de stress dans lequel se trouvait Paul depuis l'événement dramatique ne lui permettait plus de se propulser dans un autre monde, comme il pouvait et aimait le faire auparavant. La pratique du fétichisme supposait un certain retrait par rapport aux préoccupations du quotidien pour construire un imaginaire et élaborer des histoires qui mettaient en scène le rapport maître-esclave de façon crédible. Paul était comme vidé, asséché, écrasé par l'attaque que lui avait portée Arthur, en plein dans son dos.

Il n'arrêtait pas de visionner la vidéo litigieuse – celle qui avait été filmée le soir de la *Purple*. Il s'était alors rendu compte qu'à plusieurs reprises, Arthur donnait explicitement son consentement à l'enregistrement :

« T'as bien branché la webcam, j'espère ? » ; « Filme bien mon cul, j'veux que tout le monde me voie en pornstar ».

Paul aurait sans doute pu essayer de contacter la plateforme – dont le support client était principalement anglophone –, afin qu'elle puisse analyser le dossier et ainsi réviser son jugement. Mais il n'en avait simplement plus la force.

# 20

Paul avait soudain cessé de répondre à ses amis, à l'exception de Clément qui continuait de venir le voir de temps en temps, pour discuter avec lui. Ils ne faisaient toutefois plus l'amour ensemble. Ils ne faisaient d'ailleurs plus rien ensemble, rien en tout cas qui soit susceptible de réveiller la flamme chez Paul ; celle qui l'avait plusieurs mois auparavant poussé à sortir de sa condition, et à expérimenter une nouvelle vie. C'était une époque à tout jamais révolue.

Lentement, Paul s'était enfoncé dans une dépression noire qui s'épaississait au fur et à mesure que les jours passaient. C'était pourtant l'été, et toutes les terrasses de Paris accueillaient les nombreux touristes venus visiter la capitale pour découvrir ses joyaux culturels et architecturaux.

Le problème, c'est qu'il n'y avait plus aucune raison de se réjouir. Après la suspension de son compte OnlyFans, c'était l'ensemble de l'activité numérique de Paul qui s'était progressivement éteinte : il avait d'abord arrêté de tourner des vidéos YouTube, n'y trouvant plus d'intérêt véritable, puis il avait carrément fermé son profil Instagram, faute d'inspiration, et, dans un dernier temps, il avait même cessé de poster sur Twitter, là où se trouvait pourtant l'essentiel de sa communauté. « Je n'ai plus envie », répétait-il à Clément, qui ne trouvait plus d'arguments susceptibles de le faire rebondir.

Dans la foulée, c'était sa production de contenus fétichistes qu'il avait fini par stopper. « J'en ai simplement marre de gagner ma vie comme ça, en passant mes journées à photographier mes pieds... Pardon. Et quant aux ordres débiles que je dois faire semblant de donner à des vieux pervers qui fantasment sur mon cul en mode esclave, j'avoue ne plus me sentir tout à fait en phase avec l'idée de la chose, ça ne m'intéresse plus. J'ai sans doute tort. Car je n'y vois rien à redire, au fond. Tout cela est très bien, et il ne me viendrait pas à l'esprit d'aller critiquer qui que ce soit sur ses délires, mais j'ai l'impression d'avoir fait le tour de la question », s'était-il justifié dans une longue vidéo destinée à son public, qui avait été partagée des centaines, même des milliers de fois sur tous les réseaux sociaux connus.

Il continuait néanmoins à voir ses clients dans le cadre de son travail d'escort : d'abord, pour des raisons financières, puisque c'était la seule activité qu'il lui restait, mais aussi parce que, au fond, c'était un métier qu'il aimait. Dans la prostitution, on rencontrait toutes sortes de gens mais prioritairement des personnes qui allaient mal, et qui avaient besoin d'attention. Or, Paul prenait du plaisir à soigner tous ces hommes que la vie n'avait pas toujours épargnés : les veufs, les types qui se faisaient larguer par leur femme après avoir été licenciés de leur boulot, les mecs vieillissants qui ne trouvaient plus de partenaire sexuel, les moches, les gros, les timides qui n'avaient pas confiance en eux… On explorait l'intégralité de la médiocrité humaine, à travers la prostitution, et Paul avait toujours préféré les losers aux winners. Au fond, ces mecs qui lui filaient 200 ou 300 balles pour tirer leur coup, c'étaient un peu des amis à qui il essayait de faire du bien, l'espace de quelques minutes ou parfois de quelques heures.

Mais il savait aussi que ces bonshommes, dont la majorité allaient effectivement mal, n'avaient, comme lui, plus le goût de vivre. Ils venaient voir Paul pour purger leur appareil sexuel, en attendant une mort qu'ils n'avaient pas le courage de se donner.

Paul avait ouvert les yeux sur cette réalité fondamentale quelques semaines après avoir cessé ses activités numériques. Un type d'une cinquante d'années prénommé Victor était venu le voir, un soir, peu avant la tombée de la nuit, pour se faire tailler une pipe. Paul avait fait le job, le gars avait ensuite déposé la liasse de billets dans la cuisine, mais juste avant de partir, il avait demandé à son hôte s'il pouvait rester, « ne serait-ce que quelques minutes ». Paul avait bien sûr accepté et les deux hommes s'étaient mis à discuter de tout et de rien sur le canapé, en sirotant du chinon accompagné de gâteaux secs.

Le quinquagénaire s'était livré sur l'échec de sa vie amoureuse, lié en partie à son homosexualité qu'il n'avait jamais su assumer, puis sur l'ennui profond que lui avait toujours procuré son boulot dans une banque d'investissement ; il avait même avoué l'incapacité qui avait été la sienne à jouer son rôle de père vis-à-vis des deux enfants qu'il avait eus avec sa femme, et qui désormais menaient leur propre vie. Sur tous les terrains, donc, il avait eu l'impression non pas de ne rien faire, mais de passer à côté de ce qu'il aurait voulu vivre : des histoires romantiques avec des garçons ; un métier inspirant, plutôt une activité manuelle ; et, s'agissant de son rôle de père, des rapports plus francs et complices avec sa progéniture. Mais rien de tout cela n'était arrivé, et même si le gars était encore loin d'être un vieillard, il savait qu'on ne pouvait remonter le temps et que ces échecs dont il avait pleinement conscience ne pourraient jamais être annulés. Il avait le sentiment d'avoir été étranger à sa propre vie depuis le début de son existence.

L'homme avait ensuite fondu en larmes, entre les bras de Paul, dans une sorte d'étrange sérénité. Il avait enfin compris ce qui le faisait tant souffrir et, dès lors qu'il en était conscient, il se sentait infiniment plus libre.

C'est dans ce contexte que Paul, qui avait en quelque sorte anticipé son intention, avait proposé au type de mettre fin à ses souffrances. «Je peux t'aider à t'en aller doucement, si tu le souhaites», avait-il murmuré à l'oreille du gars qui, après de longues minutes de réflexion, lui avait donné le feu vert.

Une heure plus tard, l'homme avait été mis à mort, dans le calme, avec un pistolet à silencieux que Paul s'était procuré sur le Dark Web. L'homme avait tout de suite affiché un large sourire : il avait quitté la vie heureux, et toutes ses souffrances avaient disparu avec lui.

Les jours qui suivirent, de nombreux autres hommes se succédèrent chez Paul. Il s'agissait pour la plupart de clients qu'il connaissait déjà et chez qui il avait décelé cette espèce d'envie d'en finir, purement et simplement. Parfois, la rencontre ne se passait pas comme il l'aurait imaginé, lorsque Paul sentait un souffle de vie chez le mec qui lui passait dessus ou qui lui demandait une fellation. Dans ces cas-là, lorsqu'il y avait le moindre doute sur la volonté profonde du client, Paul ne faisait rien, ne suggérait rien, n'essayait rien, et il laissait la personne repartir tranquillement chez elle.

Mais lorsqu'il sentait au contraire que tel homme était effectivement animé par un profond désir de quitter la surface terrestre, il se mettait dans la position de l'incitateur et, bien souvent, la mise à mort avait lieu – toujours dans le plus grand calme.

Les cas les plus difficiles étaient les types qui ressentaient maladivement l'envie de partir mais qui étaient trop lâches pour se l'avouer. Alors Paul se devait de les y aider, et même lorsque le manque de courage persistait de façon absurde et que l'homme essayait de trouver les arguments les plus malhonnêtes pour justifier sa volonté de vivre, Paul allait jusqu'au bout, et les faisait mourir. Parfois, il était contraint de feinter son interlocuteur en prétextant un bruit à l'extérieur de l'appartement ; il en profitait alors pour aller chercher un couteau ou une paire de ciseaux, n'importe quoi, puis il venait trancher la gorge de l'intéressé. C'est dans ces cas-là qu'il en tirait la plus grande satisfaction, car il savait que sans lui, ces hommes auraient pu continuer à souffrir pendant encore de longues, de très longues années. Abréger les souffrances, voilà l'objectif que s'était donné Paul dans cette tâche qu'il considérait comme la plus noble d'entre toutes.

Huylam, qui venait toujours le voir régulièrement, avait su échapper à la sentence. Il faut dire qu'il avait récemment quitté son travail rébarbatif pour se lancer dans une activité de food-truck ; il avait rencontré un jeune Bulgare et avait le projet d'aller sillonner l'Europe, pour « changer de vie » et « profiter de chaque journée », sans autre intention précise. L'idée avait plu à Paul, qui avait vu là une intention non seulement louable, mais en adéquation avec le désir intime de Huylam, qui avait si longtemps réfréné ses envies. Dans ces conditions, le faire mourir aurait été un geste criminel, et absurde. Or, c'était précisément contre cela que

Paul essayait, à travers ses gestes, de lutter : l'absurdité de l'expérience humaine.

À la mi-août, alors que Paris s'était vidé d'une grande partie de ses habitants, Paul eut l'impression d'avoir achevé son ouvrage : il avait tué près d'une dizaine d'hommes, dans la plus grande discrétion, et aucune mise à mort n'était à regretter. Il avait d'ailleurs pris soin de noter sur un carnet le nom de chaque personne, avec la date du décès et la raison du geste : « Incapable de soigner ses blessures d'enfance » ; « Rongé par la culpabilité et la honte » ; « Enfermé dans des regrets insurmontables ». Il n'y avait pas eu d'erreur, car lorsqu'un doute était possible, et que l'homme montrait quelque signe que ce soit de sincère vitalité, Paul le laissait toujours repartir et ne le revoyait plus jamais.

Tout aurait pu se terminer là si le chantier de l'immeuble d'en face n'avait pas repris, un matin, dans un fracas assourdissant. Naturellement, Paul n'en voulait pas aux ouvriers, qui trimaient comme des bêtes sous quarante degrés au soleil pour livrer en temps et en heure un ouvrage qui avait pris bien du retard. En revanche, il ne supportait plus ses propres voisins, ceux qui avaient investi dans le projet.

Paul déplorait l'avidité et l'égoïsme de ces personnes qui, d'après lui, ne connaissaient aucune limite. Lorsqu'il essayait de leur faire comprendre qu'il serait peut-être pertinent de réduire le rythme des travaux en raison des bruits effroyables que le chantier provoquait, il se faisait soit ignorer, soit vilipender. « Vous, l'escort, la pédale du rez-de-chaussée, on vous emmerde ! » lui avait sorti une vieille, dans les parties communes, avant d'ajouter, le venin sur les lèvres : « Et ne vous avisez pas de nous chercher des noises avec vos histoires de troubles de voisinage, sinon, je peux vous dire qu'on vous fera virer, et même foutre en taule avec toutes les saloperies que vous avez faites chez vous. Vous n'êtes pas de notre monde, et vous ne le serez jamais. Restez dans votre trou, et n'en sortez plus ! »

Ce soir-là, Paul était allé assassiner la vieille, en lui brûlant préalablement les mains avec un grille-pain. Elle avait souffert le martyre. Puis il l'avait tuée à petit feu, en lui enfonçant soixante-neuf coups de couteau – en référence à sa position sexuelle préférée, celle qu'il avait pratiquée des centaines de fois avec Clément, dans son appartement. La bonne femme avait agonisé pendant de longues minutes.

Dans la nuit qui suivit, Paul avait terminé le travail en tuant un à un chacun des investisseurs de son immeuble, à l'exception d'un couple de retraités sans le sou qui souhaitaient simplement compléter leur maigre pension par des revenus locatifs. Mais tous les autres y étaient passés : une DRH arrogante qui avait l'habitude de traiter Paul de « pute sidaïque » ; un mec d'une quarantaine d'années qui jouait au golf et qui avait plusieurs fois balancé Paul à la police ; un couple d'intégristes cryptofascistes qui traitaient de « nègres » les clients basanés de Paul ; et un type d'une soixantaine d'années qui avait été accusé d'avoir violé des jeunes filles – ses nièces – pendant plusieurs années. Quant à Bruno, le multimillionnaire, Paul lui avait déjà réglé son compte.

Désormais, tout était propre. Plus d'investisseurs, plus de chantier. Un sentiment de paix. Il était temps que le bruit cesse.

DU MÊME AUTEUR

*Aux éditions Albin Michel*

RADICAL, 2020

POLLUTION, 2022

*Composition : IGS-CP*
*Impression : Firmin-Didot en mai 2024*
*Éditions Albin Michel*
*22, rue Huyghens, 75014 Paris*
*www.albin-michel.fr*

*ISBN : 978-2-226-48098-9*
*N° d'édition : 25307/01 – N° d'impression : 179430*
*Dépôt légal : août 2024*
*Imprimé en France*